人生でいちばん大切なことはグリム童話が教えてくれる

Uenishi Akira
植西 聰

河出書房新社

装幀
こやまたかこ
*
カバーイラスト
ナツコ・ムーン
*
本文イラスト
荒井 千

素朴なストーリーから「幸福への確かな道すじ」を学ぶ
――はじめに

みなさんは、グリム童話を読んだことがありますか。

グリム童話とは、一九世紀にヤーコプとヴィルヘルムのグリム兄弟が編纂《へんさん》したドイツの民話集のことをいいます。

その中には「白雪姫」「赤ずきん」「ヘンゼルとグレーテル」「シンデレラ」「ブレーメンの音楽隊」など、とても有名な物語も収録されているので、たいていの人は絵本を含め、何か一冊くらいは読んだことがあると思います。

シンデレラの物語を読んで、「私も王子様のような人と運命的な出会いを果たしたい」と胸を躍《おど》らせた女性がいるかもしれません。

ヘンゼルとグレーテルの物語を読んで、「あんなお菓子の家があったらいいなあ」と空想にふけった人もいるでしょう。

このように、グリム童話はメルヘンとファンタジーの世界へといざなってくれますが、実はそれだけではありません。

私たちが生きていくうえで知っていたほうがいい、大切な教えも詰まっています。

それは願望をかなえるための指針にもなれば、仕事で成功をおさめたり、良好な人間関係を築いたりするためのヒントにもなります。

「がんばっても報われない」と言って嘆《なげ》く人にとっては、運を良くするためのガイドの役割も果たしてくれます。

それらをあますことなくお伝えし、人生を明るく前向きに生きていただくために、書き著したのが本書なのです。


本書ではまず、グリム童話に収録されている物語を私なりにわかりやすく要約して紹介しています。有名な作品なので、多くの日本語訳が出版されています。そのため、話の中にはお読みになったストーリーと多少異なる訳で出てくるかもしれません。

次に、そこからどういう教訓が得られるか、何が学べるかを、持論を交えながら解説しました。

また、物語に登場する人物を反面教師にしてほしい項目もあり、思い当たる人はそれを反省材料にしていただければ、これからの人生は良いほうにガラリと変わるはずです。

そして、これがもっとも大切なことですが、本書で得た知識は知識のままで終わらせないようにすることです。

知識を知恵として活用し、願望をかなえたいとき、仕事で成功をおさめたいとき、人間関係を改善したいときなどに生かしてほしいのです。

また、人として成長したい、人格者になりたいというときの指針にしてほしいのです。

この本をそのような場面ごとに活用していただければ、しめたものです。

そうすれば激動の時代であっても、気がつけば、人生は黄金色に輝き出すでしょう。

植西 聰

人生でいちばん大切なことは グリム童話が教えてくれる／もくじ

第2章　どんな仕事でも成功する

第3章 より良い人間関係を築く

第4章 不幸の根は元から絶つ

第5章 好運は実力のうち

第6章 穏やかな心で生きる

第1章

本来の能力に目覚める

生きがいを持てば人生は輝き始める◉ヘビの話

昔、小さな子供がいました。この子供に、母親は毎日午後になると、小さなお皿に入ったパンとミルクを与えていました。

いつものように子供が中庭で食べていると、一匹のヘビがやってきて、お皿に頭を突っ込み、一緒にミルクを飲み始めました。

それからというもの、仲良くなった子供とヘビは、そこで一緒に食べるようになりました。そしてヘビは、お礼に光る石、真珠《しんじゅ》、金のオモチャなど、いろいろなものを子供に持ってきてくれるようになりました。

しかし、ヘビはミルクを飲むばかりでパンは口にしませんでした。そこで、ある日、子供はスプーンでヘビの頭を優しくたたきながら、

「パンも食べるんだよ、おチビちゃん」

と話しかけました。

すると台所にいた母親が、子供の話し声を聞いたのです。不思議に思ってよく見ると、

子供のそばにヘビがいるではありませんか。
母親は、子供がヘビに噛《か》まれでもしたら大変だと思い、薪《まき》を持って駆けつけ、ヘビをたたいてつぶしてしまったのです。
子供はたいそう悲しみ、元気がなくなってしまいました。
ヘビと一緒にパンとミルクを食べていたときの子供は、スクスクと丈夫に育っていました。しかしヘビがいなくなると、食欲もなくなりみるみるやせ衰《おとろ》えて、とうとう病気になってしまったのです。

もしヘビが薪でたたかれることがなければ、子供はやせ衰え、病気になることもなかったでしょう。

この子供にとって、ヘビとの食事は人生の楽しみ、言い換えると「生きがい」そのものであったからです。つまり、この話は生きがいを持つことの大切さを教えてくれているとも解釈できます。

ＯＬのＡ子さんはアパレルメーカーで働いていましたが、毎日ため息ばかりついていました。経理という仕事にやりがいを感じなかったからです。

また、イヤミを言う先輩との関係にも悩んでいました。
「いっそのこと、会社を辞めてしまおうか……」と考えたりもしましたが、ほどなくして、A子さんの表情は一変し、イキイキし始めました、
友達に誘われて、お菓子教室に通い出したところ、お菓子づくりの魅力にひかれ、退社後、家でいろいろなお菓子を作ることが生きがいになったからです。
同時に「いつか、ケーキショップを開きたい」という夢・願望まで持てるようになったのです。

人間、生きがいがあれば、毎日が楽しくなります。
毎日が楽しくなれば、表情がイキイキしてきます。
未来に希望が持てるようになります。
心がときめいてきます。
快適な気分になります。
積極的に行動できるようになります。
また、生きがいがあれば、自分が心から求める〝なりたい未来像〟、すなわち夢・願望

といったものが明確になります。

すると、毎日がいっそうワクワクしてきます。

そうなればしめたものです。

心をいつもポジティブな状態にキープできるようになり、充実した人生が歩めるようになるでしょう。

「もっと、もっと」という欲望は自分磨きに向ける◉オオカミとキツネ

オオカミが、家来にしたキツネにこう言いました。

「お腹がすいてたまらない。おい、キツネ！　何か食べ物を持ってこい。言うとおりにしないと、おまえを食べてしまうぞ！」

あわててキツネは、近くの農家に二匹の子羊がいるので、一匹とってきてオオカミに渡しました。オオカミは、その子羊を独り占めして食べましたが、それだけでは空腹は満たされません。

そこで、もう一匹の子羊も自分で捕まえて食べようと考え、オオカミは農家に忍び込むことにしました。

しかし、農夫に見つかり、棒でこっぴどく殴られ、一本の足を引きずりながら、やっとのことで逃げ帰りました。

その腹いせにキツネに文句を言うと、キツネはこう言い返しました。

「どうしてあなたは、そんなに食い意地がはっているのですか？」

次の日も、オオカミは食べ物を持ってくるようにキツネに言いました。

ちょうど、農家の奥さんがパンケーキを焼いていたので、キツネはすきを見て、パンケーキを六枚盗んでオオカミに渡しました。

「おお、これも美味しそうだ」

そう言いながら、オオカミはそれをペロリと食べてしまいましたが、もっと食べたくなり、自分でも農家に忍び込むことにしました。

しかし、今度は農家の奥さんに見つかってしまい、棒でもう片方の足をこっぴどく殴られてしまいました。

二本の足をひきずりながら、やっとのことで帰ってきたオオカミが腹いせにキツネに文句を言うと、キツネはまたこう言い返しました。

「どうしてあなたは、そんなに食い意地がはっているのですか？」

その次の日も、オオカミは食べ物を持ってくるようにキツネに命令しました。

するとキツネはこう言いました。

「ある男の家の地下室に、塩漬け肉の樽《たる》が置いてあります。地下室に行くための抜け穴を知っていますので、今夜一緒に食べに行きましょう」

こうして二匹は地下室に出かけることにしました。キツネのほうは用心しながら食べましたが、オオカミは肉の美味しさに我《われ》を忘れてガツガツと食べまくりました。

すると、その家の主人に見つかってしまったのです。キツネはすぐに抜け穴を通って逃げました

が、オオカミはたらふく食べていたので、お腹がふくらんで穴を通ることができません。

そのため主人に捕まってしまいました。

その結果、キツネは食い意地のはったオオカミとようやく縁を切ることができ、ホッと胸をなでおろしたのです。

子羊を食べたい、次はパンケーキを食べたい、その次は塩漬けの肉が食べたい……。

オオカミのこうした食い意地のはった欲望は、欲張りな願望以外の何物でもありません。

そしてオオカミは、自分勝手な願望を満たすたびに棒で殴られ、とうとう人間に捕まってしまいました。

確かに、人間には欲があります。

「もっと豪華な家に住んで、裕福な暮らしがしたい」

「もっと、高価な外車が欲しい」

「豪華な世界旅行がしたい」

「最新の液晶テレビが欲しい」

等々、欲がない人間はいないといっていいでしょう。

「営業成績を上げて課長になりたい」「部屋が狭いので、もう少し部屋の広いマンション（アパート）に引っ越したい」といった、自分に適した欲ならば問題ありません。

しかし、一つの欲を満たすことができても、それで満足することなく、「もっと」を求めようとすると、さらにその上の「もっと」を求めようとします。

これは欲の虜《とりこ》になってしまったようなもので、欲に追い立てられる人生になってしまい、心からの満足感が得られなくなります。

それだけではありません。

「もっと」を求め、欲張りな願望を抱くと、バチが当たってしまいます。

ある商社に、Bさんという優秀なビジネスマンがいました。

Bさんはあるとき、「年収八〇〇万円」という好条件で別の会社からヘッドハントの誘いを受け、その会社に入社しました。

年収が八〇〇万円もあれば、よほどのぜいたくをしない限り、生活に不自由することはありません。

しかし、Bさんは違いました。

「年収が倍になれば、さらにぜいたくな暮らしができる」と考え、知り合いから簡単に高収入が得られるという儲《もう》け話（投資話）を勧められ、それに乗ってしまったのです。

しかし、大失敗して大損しました。

こうした話はよく耳にしますが、とくに金銭にまつわる欲望は、結局自分が損をするだけで、何の得にもならないのです。

そうならないためには、欲はほどほどにしておくことです。

すべての欲を満たそうとしないで、ほんの少しのものであっても、欲を満たすことができたら、それに満足する気持ちを持つことです。

それでも「もっと」という気持ちをぬぐい去ることができなければ、自分という人間の向上、あるいはスキルアップにそのエネルギーを転換させるといいと思います。

・英語がある程度しゃべれるようになったら、次はビジネス英会話に挑戦する。

・アジアの次はヨーロッパを旅して見聞を広げる。

・オムレツが作れるようになったら、次はタマゴを使った料理のレパートリーを増やしていく。

このような自分磨きに関する欲（願望）ならば、神様も喜んで手を貸してくれるに違いありません。

他人のマネをしても、うまくいかない◉ジメリの山

お金持ちの兄と貧乏な弟がいました。

ある日、貧乏な弟が山で仕事をしていると、人相の悪い一二人の男たちがやってくるのが見えました。

「あれは泥棒に違いないぞ。捕まったら大変だ」

こう思い、弟は身を隠して彼らの様子を見ていました。一二人の男たちは、近くのはげ山の前に行き、

「ゼムジの山や、ゼムジの山や、開け！」

と叫びました。

すると、はげ山は真ん中から真っ二つに分かれたのです。その中へ一二人の男たちが

入っていくと、すぐに山は閉じられました。

しばらくすると山がまた真っ二つに分かれ、中から袋を背負った一二人の男たちが出てきました。そして、今度は、

「ゼムジの山や、ゼムジの山や、閉まれ！」

と叫ぶと、二つに分かれていた山がピッタリと合わさり、男たちはどこかへ行ってしまったのです。

弟は、山の前に行き、男たちのマネをして言いました。

「ゼムジの山や、ゼムジの山や、開け！」

すると、山は二つに分かれ、弟が中に入ると閉まりましたが、その中には金貨や宝物がいっぱい隠されていました。弟は急いで金貨をポケットに詰め込み、先の呪文で山を開けて外に出ました。そして、

「ゼムジの山や、ゼムジの山や、閉まれ！」

こう言って山の入口を閉め、大急ぎで家に帰りました。

それからというもの、貧乏だった弟は、お金が足りなくなると山を開けて金貨を持ってきては、豊かな暮らしをするようになったのです。

その暮らしぶりを不思議に思った兄が弟を問い詰めると、弟は山で起こったことを話しました。それを聞いた兄は、さっそく、馬に荷車を引かせて山に出かけました。

「ゼムジの山や、ゼムジの山や、開け！」

山が開き、兄が入ると山は閉まりました。そして、兄はそこにあった金貨や宝物を荷車にたっぷりと詰め込みました。そして山の中から出ようと、

「ジメリの山や、ジメリの山や、開け！」

と言ったのですが、山は開きません。

金貨や宝物に夢中になり、山の名前を忘れてしまったのです。いろいろな言葉を試しましたが、どうしてもダメです。兄は山から出られなくなってしまいました。

そうこうしているうちに夕方になり、一二人の男たちがやってきたので、兄は見つかってしまったのです。

一二人の男たちは、激怒しながら、こう言いました。

「泥棒め。ここから金貨を盗んでいたのは、おまえだったのか、やっと捕まえたぞ！」

兄は必死になって命乞いをしましたが、男たちは許してくれません。自分たちの戦利品を盗んだのは全部兄のしわざとされ、殺されてしまったのです。

この話と似た民話がアラブにもあります。

昔々、ユリの花はサボテンを見ては、いつもこうつぶやいていました。

「サボテンがうらやましいなあ。体中にトゲがあるし、いかにも強そうだ。だから人間に触られることもない。それに比べると、私はいつも人間に摘《つ》まれ、痛い思いをしている」

そこでユリの花は、神様にお願いしてサボテンが暮らしている土地に連れて行ってもらい、そこで暮らすことにしました。

サボテンのそばで暮らせば、体中にトゲが生えてきて強くなるだろうと考えたのです。

しかし、ユリの花は強くなるどころか、しばらくして枯れてしまいました。

サボテンが暮らしていた場所は砂漠でした。

そのため、雨がほとんど降らなかったからです。


さて、ストーリーの弟と同じように、ゼムジの山に行ってしまったために泥棒たちに殺されてしまった兄や、サボテンのように強くなろうとして枯れてしまったユリの花の末路を考察すると、ある教訓が見えてきます。

それは「他人のマネをしてもうまくはいかない。むしろ、マネをすると後悔することのほうが多い」ということです。

言うまでもないことですが、人にはそれぞれ個性、性格、得意・不得意、才能、天職といったものがあります。

たとえば、極端に痩《や》せている人が力士を目指そうとしても限界があります。

しかし、そういう人でも、機敏で運動神経が良くて、身体が柔らかければ、ダンサーとして活躍できる可能性が十分にあります。

加えて、歌がうまければ、ミュージカルの世界で活躍することも夢ではなくなります。

仕事も同じです。

たとえば、自動車が大好きな人であっても、人と会うのが嫌いならば、車のセールスをしても、仕事にやりがいを感じないため、それほど成績は伸びないでしょう。むしろ、苦痛を感じるだけです。

しかし、車のメカニックな部分に興味があって、技術職に就けば、仕事にやりがいを感じるため、技術やノウハウの習得が早くなり、才能が存分に発揮できるようになります。

努力もさほど苦ではなくなり、困難に見舞われても、それを乗り越えていこうとする意欲が持てます。

したがって、「自分もあの人みたいになりたい」という思いがよぎっても、その人のマネをしようと考えないことです。

他人は他人、自分は自分です。

他人にはそれが適していても、自分が適しているとは限りません。

大切なのは、自分の個性、性格、得意・不得意、才能、天職といったものを自覚して、自分らしさが生かせる仕事の達成を目指すことなのです。

そうすれば、成功の可能性も高まるし、何よりも毎日の生活が生きがいに満ちあふれるようになるでしょう。

物欲に走ると心が不安定になる◉幸せのハンス

ハンスという男が、お屋敷で七年間、一生懸命に働いてきました。

母親が年老いてきたので、仕事をやめて故郷に帰ろうと思い、主人に申し出ると、これまで仕えてくれたごほうびにと、頭ほどの大きさの金の塊《かたまり》をくれたのです。

ハンスは、金の塊をかついで家に向かいましたが、重くて大変です。すると途中で、馬に乗った人に出会いました。それがとてもラクそうに見えたので、ハンスはうらやましくなりずっと見ていました。

すると、馬に乗った人が話しかけてきました。

「ボクの馬が欲しかったら、キミが持っている金と交換してやってもいいよ」

「いいのかい。ぜひ交換してくれよ」

ハンスは喜んで話に応じたのですが、いざ馬に乗ったところ、早く走りすぎて振り落とされてしまったのです。

ちょうど、そばで牛を連れた男が、馬を捕まえてくれたのですが、ハンスは馬よりも、バターやチーズにもなるミルクを出してくれる牛のほうが良いと思えてきて、馬と牛を交換してもらいました。

ハンスが牛を連れてしばらく行くと、喉《のど》が渇《かわ》いてきました。そこで、牛から乳をしぼって飲もうとしましたが、一滴も出ません。

そこへ通りかかった子ブタを連れた肉屋が、こう言いました。

「この牛は年寄りだから、もう乳は出ないだろうね」

それを聞いたハンスは、子ブタのほうがソーセージになるので良いと思い、牛と子ブタを交換しました。

　次にハンスはガチョウを抱えた男とすれ違いますが、男は子ブタを見て、こう言いました。

「その子ブタは先ほど、このあたりで盗まれた子ブタのように見える。あなたは泥棒だと思われて捕まってしまうかもしれないよ」

　捕まってひどい目に遭わされては大変だと思ったハンスは、子ブタとガチョウを交換してもらいました。

　ホッとして、またしばらく歩いていると、ハサミの研屋《とぎや》と行き合い、こう言われました。

「自分のように研《と》ぐ技を持っていれば、一生お金に困ることはないよ」

そこでハンスはガチョウと交換で、男に研石《といし》をもらって技術を教わることにしました。男に指示されて、研ぎ方を練習したのです。

やり方を覚えたハンスは、男と別れて砥石を持ち、また歩き始めたのですが、だんだん砥石が重くなってきます。汗だくになって石を運んでいると、喉が渇いてきたので、川のそばに石を置いて水を飲みました。

ところがこのとき、誤って石を川に落としてしまったのです。しかしハンスは、

「神様が重い石を取り除いてくださった」

と大喜び。ハンスは何も持たずに故郷の家に帰ったのです。

この話に登場する主人公のハンスは、相手の持ち物のほうが良く思え、金の塊を馬と交換、馬を牛と交換、牛を子ブタと交換、子ブタをガチョウと交換、ガチョウを砥石と交換しました。ところが持ち歩いた砥石が重くて大変な思いをし、川に落としてなくなってしまったとき、内心、ホッとしました。

この観点から考察すると、この話は次のようにも解釈できます。

物欲はいつまで経っても心を満たしてくれない。

すると、心は不安定になる。

物欲がないほうが、心が安定する。

そのいい例が、オーディオやパソコンといった電化製品やブランド品です。

これらを手にすれば、最初のうちは誰もが嬉しい気分に満たされます。ましてや、それが最新の商品であれば喜びもひとしおで、周囲に自慢したくなる人もいるでしょう。

しかし、何か月かすれば、そうした嬉しさも薄れていき、新しく発売された商品に目移りするようになり、そちらが欲しくなります。

仮に、その新商品を手にすることができても、また何か月かすれば、嬉しさが薄れていき、次の新商品を……といったような堂々巡りを繰り返すようになります。

商品というのは、電化製品やブランド品に限らず、次々と新しい機能やデザインを有したモノが登場するため、それに惑《まど》わされてしまうからです。

これでは散財するいっぽうだし、気の休まる暇もないため、永遠に精神的な満足感を得ることができません。

つまり、心は不安定なままなのです。

新築のマイホームも同じです。

新築のマイホームを持てば、それに合わせてキッチン用品や家具なども新しいモノに取り換えたくなります。

また、「ここはフローリングの床にすれば良かった」「ここはバリアフリーにすれば良かった」という思いがよぎれば、後悔の念にかられ、そのことが気になり始めます。

このほかにも、

「マンションは一戸建てと比べると窮屈《きゅうくつ》で圧迫感がある」

「一戸建てはご近所づき合いがわずらわしい」

といったように悪い面ばかりが目につき、それに伴いフラストレーションが増大していきます。

結論的にいえば、モノは所詮《しょせん》モノでしかないのです。

生活を便利にしてくれるためのグッズにすぎないのです。

したがって、最新のブランド品やマイホームを持つという願望をかなえたとしても、喜びは一過性のものでしかなく、生きがいまでは創造してくれないのです。

心の平安は得られず、いつまで経っても不安定なままです。

逆に、モノから自分を解放させたほうが、この話に登場する主人公のように、心がホッとするということを、しっかりと認識しておく必要があるでしょう。

人を助けてあげると自分も助かる◉ガラス瓶の中の化け物

あるところに、貧しい木こりがいました。彼の息子は学校で勉強に励んでいましたが、学費が底をついたため、学校をやめて父親の仕事を手伝うことになったのです。

木こりというのは重労働で危険が多い仕事です。しかも、父親が歳を取ったため、あまり無理はできません。

息子もろくに食べていないので、やせていて体力もなく仕事がはかどりません。そのため、二人が汗水たらして働いても、生活するのがやっとでした。

そんなある日、息子はカシワの木の根元にガラス瓶《びん》が落ちていることに気づきました。中にはカエルのような生き物が閉じ込められていて、「出してくれ、出してくれ！」と叫んでいます。

そこで、息子が瓶の栓《せん》を開けてやると、たちまち大きな化け物が出てきました。

「オレを出したほうびをやろう。それはおまえの首をへし折ることだ」

せっかく助けてあげたのに、ひどいことを言う化け物です。

息子はたいそうびっくりしましたが、このままでは殺されてしまうので、「キミは本当に強いのかい？　もしそうなら、瓶に戻ってみせてよ」と言い返しました。

その気になった化け物が瓶の中に入ると、息子はすかさず栓を閉めてしまいました。

すると、瓶に戻った化け物が、今度は哀《あわ》れっぽく、こう言いました。

「お願いだからここから出しておくれよ」

しかし、息子は「もう、だまされないぞ」と言って、けっして栓を開けてやろうとしません。

化け物はホトホト悔い改めたようで、謝罪しながら、何度も懇願《こんがん》しました。

「今度こそ間違いなく、本当のお礼をするので、どうか助けてください。どうか信じてください。お願いします」

そこで、息子は仕方なく栓を抜いてあげました。すると出てきた化け物は、息子に一枚のボロ布を手渡しながら、次のように言いました。

「ありがとう。お礼にこの布を差し上げます。布の一方の端を傷に当てると傷が治ります。もう片方の端を金属に当てると、それが銀に代わります。これで、あなたは生活に一生困らないでしょう」

こう言うやいなや、化け物はどこかへ消えてしまったのです。

息子はさっそく、斧《おの》に布を当ててみることにしました。すると、本当にピカピカ白く光る銀に変わりました。

それを町で売ると、たいそうなお金を手にすることができました。もう、年老いた父親が重たい斧を振って木を切ったりしなくても生活できます。こうして木こりの親子はお金に困ることがなくなったのです。

そして、息子は布のもう片方を使って、どんな傷もたちまち治してしまう名医になり、豊かで幸せに暮らすようになったのです。

この話はいろいろな解釈ができると思いますが、瓶の中に入っていた化け物を助けてあげ、お礼に化け物から一枚のボロ布をもらうことで、豊かで幸せに暮らせるようになった点に着目すると、次のような解釈ができると思うのです。

「他人を助けてあげることによって、逆に助けられる」

その好例として、ある逸話を紹介しましょう。


ある年老いた貧しい木こりが、森の中で迷子になりました。何日もさまよい歩きましたが、森から抜け出すことができません。

そのとき、同じように森の中で迷子になった一人の子供と出会いました。子供は何日も食べ物を口にしていなかったので、お腹をすかせていました。そこで木こりは、手元にあったわずかばかりの食べ物を、子供にあげることにしました。

すると、子供が「そんなことをしたら、おじいさんが飢《う》え死にしてしまうよ。だから、ボクがその食べ物をもらうわけにはいかないよ」と言って断ったので、木こりはこう答えました。

「坊や。キミはまだ若い。これからがある。しかし、ワシは見てのとおり老いぼれなので、そう長くは生きられない。だから、キミがこれを食べて生き延びなさい」

やがて、木こりから食べ物をもらった子供は元気を回復し、無事に森から脱出することができました。

それから数日後、森の中で「もう食べる物もないし、動くこともできない」と、年老いた木こりが死を覚悟してうずくまっていると、数人の使用人がやってきて、木こりに向かってこう言いました。

「あなたに食べ物を分けていただいた子供は、城主様がものすごく可愛がっていた息子です。城主様は息子がいなくなったので、毎日、心配していましたが、あなたのおかげで息子が助かり、無事に戻ってきたと大喜びしています」

使用人たちは木こりに食料を与え、その後、家まで送り届けてくれました。そして助けてくれたお礼にと、城主から預かったたくさんの黄金を与えたのです。

その結果、木こりは生活に困ることなく幸せに暮らすことができました。

人は誰でも、自分を助けてくれる人には感謝します。同時に好感を持ちます。

とくに、大きな困難に見舞われるなどしたときに助けてもらうと、「この恩をどこかで返したい」という気持ちになります。

このような人間の心理を、心理学では「好意の返報性の法則」といいます。

「情けは人のためならず」（情けをかけると、それが自分に返ってくるという意味）という格言にもあるように、その大切さは日本でも昔から言われてきたことです。

つまり人に親切にすると、結果的に相手のためだけでなく、自分のもとへ恩恵となって跳ね返ってくるのです。

大ピンチに見舞われても、必死になれば活路は開ける◉水の魔女

二人の兄妹が、仲良く泉のそばで遊んでいました。しかし、ふと足を滑《すべ》らせて、二人とも泉の中に落っこちてしまいました。

すると、泉に住む魔女が現れました。

「捕まえたぞ。おまえたちはこれから私の家来だ。私のために一生懸命働いて、精一杯尽くすのだぞ」

こう言って、二人を連れ去ってしまったのです。

魔女は妹には汚い亜麻《あま》（植物）から糸を紡《つむ》がせたり、底が抜けた樽《たる》に汲《く》んできた水を入れさせたりしました。兄のほうには、サビて切れにくい斧で木を切るよう命令したの

です。

　そして、二人の食べる物といえば、石のように固い団子だけでした。

　二人は毎日がつらくてたまりません。こんな地獄のような生活がずっと続くことを思うと、兄妹は憂うつな気分になりました。

　二人はとうとう我慢できなくなって、魔女の留守中をねらって逃げ出しました。

　そのことに気づいた魔女は、二人を猛スピードで追いかけます。魔女に捕まえられそうになったとき、無我夢中で妹は、持っていたハケを魔女のほうへ投げつけました。すると、ハケはトゲが一〇〇万本生えた山になったのです。

　さすがの魔女も驚きましたが「絶対にあの二人を逃がしてなるものか」と、その山を越えてきま

した。

それを見た兄が、持っていたクシを魔女のほうへ投げつけました。それは一〇〇万本のギザギザがある山に変わりましたが、またも魔女はしぶとく山を越えてきます。

そこで、今度は妹が鏡を後ろに投げつけました。すると、それは鏡の山になりました。これにはさすがの魔女も難儀しました。鏡ですべってしまい、どうしても山を越えることができないのです。

「これじゃあ、ツルツルすべって全然、山に登れないじゃないか。そうだ、家にある斧で鏡の山を壊してしまおう」

そう考えた魔女は、家にある斧を取りに戻りました。そして、斧でガラスの山をたたき壊して、やっとのことで山を越えましたが、時すでに遅し。もう兄妹は遠くへ逃げてしまったあとでした。

仕方なく魔女は二人のことをあきらめ、肩を落として帰っていきました。

こうして兄妹は、魔女の束縛から解放されたのです。

ストーリーの後半は、まるでファンタジー映画のアクションシーンを連想させますね。

火事場のバカ力という言葉があります。

火事になったときに、寝たきりのおばあさんが不可能と思えるほどすごい力を出して、タンスなどの重い物を持ち出したりすることから、大ピンチに見舞われると、普段では想像できないような力を出すことのたとえとして用いられています。

実際に、アメリカであった話ですが、五〇代の男性が車を運転していたとき、後ろの車の下から火が出ていることに気づきました。

しかし、後ろの車の運転手はそのことに気がつかず、ようやく気づいたときには車は炎と煙に包まれており、その運転手はロックしたドアを内側から開けることができなくなっていました。

そこで、前の車の男性は運転手を助けようと、炎と煙に包まれた車に歩み寄り、なんと素手で、強引にロックしたドアをこじ開けたのです。

そのおかげで、運転手は無事に車の外に避難することができたといいます。しかし、ロックされている車のドアを素手でこじ開けるなんて、常識では不可能です。

どんなに腕力がある人でもまず無理でしょう。

しかし、潜在意識には偉大な力があります。先のストーリーに登場する妹がハケを魔女に投げつけたら、トゲが一〇〇万本生えた山になったように、あるいは兄がクシを魔女に投げつけたら、一〇〇万本のギザギザがある山になったように、ここぞというときはものすごいパワーを発揮します。

必死な思いが心のブロックを解除し、その結果、普段ならできないようなことでもできるように導いてくれるのです。

これを人生に置き換えると、前途多難の状況にあるとき、兄妹が猛スピードで追いかけてくる魔女から必死になって逃れたように、やるしかないという切羽詰まった状況に自分を追い込むことも大切です。

すなわち「背水の陣」を敷く覚悟で成功に向けて取り組むようにするのです。

昔、漢（古代中国）の名将韓信《かんしん》が趙《ちょう》の軍と戦ったときに、わざと川を背にして陣取り、味方に退却できないという決死の覚悟をさせ、敵を破ったことから、「背水の陣」という故事が生まれました。

つまり、一歩もひけないような状況になると全力を尽くすようになるのです。

ピンチを克服することで成功するためには、積極的な行動が不可欠です。

そのためには、推進源となるモチベーションを高めなければなりません。

モチベーションを高めるためには、一つの方法として、自分を切羽詰まった状況に追い込むことも大切です。そうすることで心のブロックが解除されます。

すると、「火事場のバカ力」が働き、自分の持てる力をフルに発揮しようとします。

その結果、常識的に考えてできないだろうと思われたことができるようになるなど、鮮《あざ》やかな逆転劇が起こることもあるのです。

第2章

どんな仕事でも成功する

向き・不向きを軽んじるとうまくいかない◉ネズミと小鳥とソーセージの話

ネズミと小鳥とソーセージが、一つ屋根の下、仲良く暮らしていました。

ネズミの仕事は、井戸の水汲《く》みと火おこしと食卓を整えることです。小鳥は森から燃料のたきぎを集めてくる役目です。ソーセージは料理をすることでした。

ある日、小鳥が森で別の鳥に会い、自分の生活をたいそう自慢したところ、

「あなたの仕事が一番大変だと思うけどね。そんな暮らし、ちっともうらやましくないよ。あなたは、ネズミとソーセージにいいように使われているだけじゃないの？」

と言われてしまいました。不快になった小鳥は、家に帰ると、お互いの仕事を交換すべきだと言い張りました。

そこで、ネズミと小鳥とソーセージはくじ引きをして役割を変えました。森へたきぎを取りに行くのはソーセージが、料理はネズミが、水汲みと火おこしと食卓を整えることは小鳥が担当することになったのです。

次の日、森に行ったソーセージの帰りがやけに遅いので、心配した小鳥が探しに行き

ました。すると、ソーセージは森へ向かう途中で犬に食べられてしまっていたのです。

小鳥とネズミはたいそう悲しみましたが、二匹で頑張ってやっていこうと決めました。小鳥は気力をふりしぼって、食卓を整えました。

ところが、料理担当のネズミが鍋の中で料理の味付けをしていたところ、慣れないことをやったため、鍋の中から出られなくなってしまい、大やけどを負ってしまいました。

それを見た小鳥は驚いて、持っていた木を落としてしまったのです。運悪く、その木に料理の火が燃え移り、大火事になってしまいました。

小鳥は火を消そうとして、水を汲むために井戸に行ったのですが、慣れないことを焦《あせ》ってやったので、井戸に落ちておぼれてしまったのです。

それまでうまく生活をしていたネズミと小鳥とソーセージが、仕事の分担を替えた途端にうまくいかなくなってしまいました。

つまり、この話は「人には向き・不向きというものがあり、向いている仕事、すなわち天職をないがしろにすると不幸が始まる」ということを教訓として表しています。

たとえば、部品を組み立てたり、分解したりする機械いじりを得意としている人が、いきなりセールスの仕事をするように命じられたらどうなるでしょうか。

「本当は機械をいじりたいのに……」という思いばかりにとらわれ、長続きしなくなるのは目に見えています。

セールスの仕事が得意な人が、部品を組み立てたり、分解したりする仕事をするように命じられた場合も同じで、苦痛を感じるだけで、これまた長続きしないと思われます。

最悪、ネズミと小鳥とソーセージが仕事の分担を替えたときと同じように、大きなトラブルやアクシデントに見舞われる可能性もあります。

そうならないためには、天職に目覚め、天職に就くことが大切です。

天職に就けば、多少、労働条件が悪くても、仕事に対する不平不満はなくなります。

やる気が出てきて、長時間働いても、それを苦痛と感じることも少ないでしょう。

「こうすれば、もっと良くなるかもしれない」という創意工夫が頭をよぎり、好奇心や探究心がどんどん湧いてきます。

そして、何よりも「なすべきときに、なすべきことをしている」という充実感・満足感に満たされ、心がポジティブになります。

したがって、仕事で成功をおさめる可能性もグンと高まるようになるのです。

そこで、天職が何であるかわからない人は、これまでの人生を振り返り、やって苦にならないこと、飽《あ》きないこと、集中できること、夢中になれることなどをヒントにしてみるといいと思います。

子供のときに好きだったこと、学生時代に得意としていた科目や好きだった科目に、ヒントが潜んでいることもあります。

とにかく、仕事運の明暗は天職に就いているかいないかが、大きく関係しているのは間違いありません。この話に登場する、ネズミと小鳥とソーセージを反面教師にするといいでしょう。

一芸は身を助ける◉キツネとネコ

森の中でネコがキツネと出会いました。ネコはキツネのことを、賢くて経験も豊かだと思っていたので、愛想よく挨拶《あいさつ》し、こんな質問をしました。

「こんにちはキツネさん。賢いあなたに教えていただきたいのですが、食べ物の少ない時期を、あなたはどうやって切り抜けているのですか」

すると、キツネはバカにしたようにネコにこう言いました。

「おまえには取り柄《え》がいくつある？　いくつ技術を持っている？」

ネコが「私には、一つしかありません。犬が追いかけてきたとき、木にかけ上がって助かることくらいです」と答えると、キツネはますますネコにいばりながら、自慢げにこう言ったのです。

「たったのそれだけか。取り柄が一つしかないというのはさみしいものだな。このオレ様なんか、犬のかわし方だって一〇〇は知っているぞ。オレの知恵袋にはほかにもいろいろなすごい技が詰まっているんだ」

ちょうどそのときです。犬を四匹連れた猟師がやってきたので、ネコはとっさに木にのぼって隠れました。

木の上から、ネコが下を見ると、キツネが犬にぎゅうぎゅう押さえつけられているではありませんか。あんなに偉そうにしていたキツネが、簡単に犬に捕まってしまったのです。

拍子抜けしたネコは、キツネにこう言いました。

「おやっ、キツネさん。あなたは犬のかわし方を一〇〇も知っているんじゃありませんでしたか？　一〇〇もある知恵袋はどうしたんですか？」

ネコは、たった一つしかない特技に救われたのです。

日本にも「芸は身を助《たす》く」という格言があります。

すなわち、犬が追いかけてきたとき、木にかけ上がる特技を身につけていたネコのように、何か一つでもいいから芸を身につけておくと、いざというときに役に立つという意味です。

これを地でいったのが、香港の俳優のサモ・ハン・キンポーです。

サモ・ハン・キンポーは俳優を目指し、一〇歳のころから劇団に所属していましたが、後輩たちに追い抜かれるなどして、なかなか日の目を見ることはありませんでした。

そのため、挫折《ざせつ》し、「もう俳優になるのをやめようか」と何度も考えましたが、チャンスは意外な形でやってきました。

彼は幼いときから武術（カンフー）を習っていて、その腕が評価されたのです。

二一歳のとき、当時、世界中で絶大な人気を誇っていた香港のアクションスターであるブルース・リーに見いだされ、彼が主演の映画『燃えよドラゴン』で共演を果たしました。それがきっかけで、俳優としてブレイクするようになったのです。

もし、サモ・ハン・キンポーが武術を習っていなかったら、俳優として芽が出ることはなかったかもしれません。

まさしく、一芸は身を助ける、いや一芸はチャンスを招くです。

この話は、仕事で成功を目指す人にも大いに参考になると思います。

仕事で成功をおさめるために、「あれもこれもやらなければ……」と考え、つい、いろいろなことに手を出してしまいがちです。

しかし、中途半端にいろいろなことをやるよりも、この話に登場するネコのように、何か一つのことに絞り、そこに全力を集中したほうが、その道のエキスパートになれるし、成功をおさめる確率も高くなるのです。

発明王と呼ばれたトーマス・エジソンは学校の勉強はまるでダメでしたが、電気に関する知識は誰よりも豊富でした。

自動車王と呼ばれたヘンリー・フォードも学歴はありませんでしたが、メカに関する知識と技術は誰よりも優れ、大学教授が教えを乞《こ》うほどでした。

何か一つだけ、誰よりも秀でているものがある。誰にも負けない得意なものがある。それさえあれば、成功に近づけるのです。

身につけたスキルは、意外な場面で役立つ◉三つの言葉

老伯爵《はくしゃく》には一人息子がいましたが、息子は頭が悪くて何も覚えられませんでした。

息子の将来を心配した老伯爵は、名高い先生のところへ勉強に行かせ、一年後、老伯

爵は戻ってきた息子に何を覚えたか尋ねると、息子はこう答えました。

「犬の言葉を覚えました」

これを聞いた老伯爵は、犬の言葉など覚えても役に立たないとあきれて、今度は別の先生のところに行かせました。

一年後、老伯爵は帰ってきた息子に何を覚えたか尋ねると、息子はこう答えました。

「小鳥の言葉を覚えました」

またしてもあきれた老伯爵は、さらに別の先生のところへ勉強に行かせました。

そして一年後、帰ってきた息子に老伯爵が何を覚えたか尋ねると、息子は「カエルの言葉を覚えてきました」と返答しました。

これを聞いた老伯爵は激怒し、家来を呼びつけ、こう命令したのです。

「この男はもう私の息子ではない。森へ連れて行って殺してきなさい」

しかし、家来は息子を殺すことができず、こっそりと逃がしてあげました。

息子は森をさまよった末、あるお城にたどり着いたので、城主に一晩泊めてくれるよう頼むと、城主から次のように言われました。

「古い塔になら泊まってもいいが、そこには狂暴な野良犬がいっぱいいて、腹が減ると人間を食べてしまうからね。それでもいいなら泊まっていいよ」

　息子は危険を覚悟で一晩泊まらせてもらいましたが、無傷で朝を迎えることができました。さらに、城主に向かってこう言うではありませんか。

「昨夜、犬から事情を聞いたのですが、犬たちは城主に敵対する悪い魔法使いに魔法にかけられてしまい、塔の下にある宝を見張らされているというのです。宝さえなくなれば犬たちは解放されるので、古い塔には凶暴な野良犬たちはいなくなります」

　城主は息子にさっそく、宝があるか探ってもらうことにしました。

　すると、本当に塔の下からは宝がザクザク出てきて、それを外に運び出した途端、犬もいなくな

ったのです。宝を手に入れて、やっかいな野良犬もいなくなった城主はたいそう喜び、彼を養子にすると言いました。

しばらくして、息子はローマに行きたくなり旅に出ました。すると、途中の沼でカエルがゲロゲロと鳴き、「法王が死んだから、次はおまえさんが法王になる番だよ」と告げたのです。

ローマに着くと、法王が亡くなられ、後継者は神の奇跡が現れた人ということになっていました。ちょうどそこへ息子がやってくると、どこからともなく真っ白な鳩が二羽、息子の肩に止まりました。

それが大そう神秘的で、みんなが神の奇跡と感じたので、息子が次の法王に決まりました。そして、鳩の助言のおかげで、法王としての振る舞いもなんなくできました。

老伯爵からバカだと見捨てられた息子は、ついに立派な法王になったのです。

もし、老伯爵の息子が犬や小鳥やカエルの言葉を覚えることがなければ、法王になることはできなかったでしょう。

つまり、この話は「身につけたスキルは意外なときに意外な形で役立つ」と解釈できるのです。

幕末から明治にかけて英語の通訳・教師として活躍したジョン万次郎などは、その好例といっていいでしょう。

ジョン万次郎は漁師でしたが、強風に船ごと吹き流されてしまい、無人島に漂着した経験がありました。すると、その島でアメリカの捕鯨《ほげい》船に救助され、アメリカ本土に行くことになり、一一年後にようやく帰国を果たすことができました。

しかし、そのおかげで英語をマスターすることができ、アメリカやイギリスとの条約改正に通訳として欠かせない存在となり、幕府や明治新政府から重用されたのです。

現代の身近な例を出すと、Ａ子さんという女性もそうでした。

彼女は若いころ、劇団に所属し、俳優になることを志していました。

しかし、微笑むシーンなどでは、にこやかな笑顔をつくることができず、連日のように監督や演出家から罵声《ばせい》を浴びせられていました。

そのため、一日何時間も笑顔をつくるレッスンを行ったというのです。

しかし、俳優として芽が出ず、俳優の道を断念し、いくつかの転職を繰り返した後、あるホテルのフロント係として働くようになったのです。

その後、あのときの笑顔のレッスンが意外な形で役立つときがやってきました。

ホテルのフロント係は、まさに「ホテルの顔」です。フロント係の対応によって、ホテルの第一印象が決まってしまいます。また、お客様にホスピタリティ精神をもって応対するのもフロント係の仕事です。

彼女の場合、劇団に所属していたときの笑顔のレッスンが功を奏しました。

穏やかな表情で微笑む応対がお客様から好評を博し、ついには新人ホテルマンのための研修で講師を務めるまでになったのです。

A子さんのケースはけっして特殊ではありません。

長い人生において、やりたくない仕事に取り組まざるをえないこともあるでしょう。

つまらない仕事を押し付けられ、嫌気がさすこともあると思います。

しかし、そういうときこそ、「この仕事を通して培《つちか》ったスキルはいつか必ず生きる」と考え、全力で取り組んでみることが大切です。

・苦手な営業の仕事をやらされたら、「そのおかげでコミュニケーションのスキルがマスターできる」と考える。

・希望する企画の仕事ではなく、経理の仕事をやることになったら「数字に強くなれるし、経理のスキルをマスターするいい機会だ」と考える。

その姿勢でいれば、やりたくない仕事やつまらない仕事もけっしてムダにはなりません。この話に登場する老伯爵の息子のように、いつか、意外なときに意外な形で役立ち、ときには成功への懸《か》け橋となってくれるでしょう。

万が一の事態に備えておく◉美味しいおかゆ

あるところに、母親と二人で暮らす女の子がいました。

家がたいそう貧しかったため、切り詰めて生活していましたが、とうとう食料が底をついてしまいました。

二人はお腹がすいてたまりません。そこで、女の子は、食べる物を探しに森に出かけました。

ところが、森の中をいろいろ歩き回ったものの、食べられそうな物はなかなか見つかりません。

「ああ、疲れた。お腹もすいてヘトヘトだわ。いくら探しても、森には食べる物はない。少しでも食べられる物を探さないと……」

こうつぶやきながら歩いていると、女の子は一人のおばあさんと出会いました。

「お嬢ちゃん、どうしたの？　一人で森の中は危ないよ」

こう言われたので、女の子は「家が貧乏で、お金も食べる物もなくなってしまったから、森に食べ物を探しに来たのですが、何も見つからなくて困っているのです」と自分の身の上を話しました。

かわいそうに思ったおばあさんは、女の子に小さな壺《つぼ》を渡して、こう言いました。

「呪文《じゅもん》を唱えると、この壺の中から美味しいおかゆが、尽きることなくどんどん出てくるからね。これからはもうお腹をすかせることもなくなるよ」

そして、おばあさんは女の子に壺の呪文を教えました。

「煮て、壺よ、煮て」と言うと、美味しいおかゆが壺の中から出てきて、「止まって、壺よ、止まって」と言えば、壺はおかゆを作るのを止めるのです。

女の子は、お礼を言って壺を持って帰り、家で母親と美味しいおかゆをたらふく食べました。もう、空腹の心配はありません。

それから何日か経ち、女の子が出かけて留守だったある日のことです。

母親が、おかゆを食べたくなり「煮て、壺よ、煮て」と呪文を唱えました。すると、壺からおかゆがどんどん出てきます。

たくさん食べてお腹がいっぱいになったので、もう止めようと思ったのですが、あろうことか母親は、止める呪文を忘れてしまいます。そのため、おかゆが壺からどんどんあふれ出てきて、台所がおかゆでいっぱいになってしまいました。

「止まれ、止まれ、壺よ、止まってよ、お願いだから!!」

こう叫んでも、呪文が違うため、壺はおかゆ作りをやめません。

ついには、家じゅうがおかゆであふれ続け、隣の家や通りにもおかゆが流れ出しましたが、それでもおかゆは増え続けるばかり。町じゅうがおかゆだらけになってしまったのです。

ちょうどそこへ女の子が帰ってきて、あわてて呪文を唱えたので、ようやく壺はおかゆを作るのをやめました。

それからというもの、町の外へ出ていた人が戻りたいときは、帰り道のおかゆを食べなくては帰れなくなってしまったのです。

まるで笑い話のようですが、壺におかゆを作るのをやめさせる呪文を忘れなければ、こんなことにはならなかったでしょう。忘れないためには、何かにメモしておけばよかったのです。

そう考えると、この話は、万が一の不測の事態に備えることの大切さを教訓として表しているといえるでしょう。

万が一の事態に備えることがいかに大切であるか、これを海外旅行に例えてみるとわかりやすいと思います。

海外旅行に行くときは、必ずパスポートの期限を確認するはずです。また、盗難などの緊急事態に備え、パスポートをコピーすると思います。持病がある人は常備薬を用意するでしょうし、普段、常備薬を飲まない人でもお腹を壊したり、熱を出したりしたときのために薬を準備する人もいるでしょう。

また、南の島のような暑い場所に行く人は、日焼け止めクリームも用意するでしょう。

現地のホテルに泊まったときも、貴重品はフロントに預けるか金庫に入れておく人もいると思います。

同じことは仕事にも言えます。

言うまでもないことですが、仕事で成功をおさめるためには積極的に行動することが大切です。しかし、問題はトラブルやアクシデントに遭遇するなどして、計画が思いどおりに進まないときです。

そういうときもガムシャラに突き進もうとすると、事態はますます悪化し、最悪、取り返しがつかない結果を招くこともあります。

それを防ぐために、石油王と呼ばれたアメリカの石油王ジョン・ロックフェラーは、次の三つの手順を踏むことが重要だと述べています。

一、行動を起こしたときに生じるマイナスの事態を探る
二、マイナスの事態を書き出してみる
三、マイナスの事態を解消するための方法を考える

これを起業で例えてみると、一の「行動を起こしたときに生じるマイナスの事態を探る」とは、起業した際に生じる可能性のあるリスクを探ることです。

二の「マイナスの事態を書き出してみる」とは、「運転資金の悪化」「経理が苦手」等々、マイナスの事態を具体的に書き出すことです。

三の「マイナスの事態を解消するための方法を考える」とは、「運転資金の悪化を防ぐために、自宅で起業する」「簿記《ぼき》の資格を持っている妻に経理を手伝ってもらう」といった解決策を講じることです。

結論的に言えば、行動を起こすときは、積極さと慎重さの両方をあわせ持つことが大切なのです。

トラブルやアクシデントといった万が一の事態に見舞われたとき、何らかの手段を講じれば切り抜けられるという確信が持てれば、大いに前進するべきでしょう。

しかし確信が持てないときは、いったん立ち止まって対処策を練ることも、仕事で成功をおさめるために欠かせないことなのです。

あきらめずに考え続ければ
ピンチはチャンスに変わる◉ヘンゼルとグレーテル

ヘンゼルとグレーテルという兄妹が、仲良く暮らしていました。しかし、あるとき飢《き》饉《きん》が起こり、食べ物が足りなくなってしまいました。

食べ物がなくて困ったヘンゼルとグレーテルの継母《ままはは》は、父親（夫）にこう言いました。

「この家に残っている食べ物はこれっぽち。これじゃあすぐに全員飢《う》え死にだよ。ねえ、子供たちを森に置いてこないかい。アンタとアタシの二人だったら、どうにか生きのびられると思うからさ」

それをこっそり聞いていたヘンゼルは、ポケットに小石をたくさん詰め込んでおきました。そして翌朝、森へ連れていかれるときに、小石を一つずつ道に落としていったのです。

森に着くと、いつの間にか父親と継母はいなくなってしまいましたが、ヘンゼルとグレーテルは、小石をたどって家に戻ることができました。

父親は兄妹を置き去りにしたことを後悔していたので、二人が帰ってきたとき、たいそう喜びましたが、継母は悔しがりました。そこで、また兄妹を森に置き去りにしようと父親をけしかけたのです。

　森へ連れていかれるときに、ヘンゼルは持っていたパンをちぎって道に落としていきました。しかし、パンは小鳥たちが食べてしまい、帰り道がわからなくなった兄妹は森の中をさまよいます。

　そうするうちに、二人はお菓子の家を見つけました。いろいろなお菓子でできた家です。おいしそうな甘い香りがしているので、腹ペコだった二人は夢中でお菓子を食べました。

　すると、家の中からおばあさんが出てきて、美味しい料理までご馳走してくれたのです。二人は喜んでいただき満腹になりました。

　ところが、このおばあさんは悪い魔女で、ヘン

ゼルを家畜小屋に閉じ込め、グレーテルを召使いとしてこき使うようになりました。魔女は、いずれ二人をパンの焼き釜《がま》で焼いて食べてしまおうと考えていたのです。

ある日、魔女はグレーテルに、焼き釜に入ってパンの焼き具合を確かめるよう命令しました。しかし、危険を感じたグレーテルは必死に考えて、こう答えました。

「やり方がわからないので、お手本を見せてください」

すると魔女は、

「こんなこともできないのかい。よく見な！」

と言いながら釜に入ったので、グレーテルはすぐに釜の戸を閉めてしまいました。そのため、魔女は釜の中で焼け死んでしまったのです。

グレーテルは家畜小屋にいたヘンゼルを助け出し、お菓子の家にあったたくさんの宝石を持って出ました。そして二人は森をさまよいながらも、やっとのことで家に戻ることができました。家では継母が死んでしまったこともあり、父親は喜んで迎え入れてくれたのです。

三人は宝石のおかげで食べ物やお金の心配もなくなり、仲良く幸せに暮らしました。

グリム童話の中で、「はじめに」でもふれた有名なこの話は、絵本や人形劇などでもおなじみなので、知っている人も多いことでしょう。

親から森に置き去りにされることを察知したヘンゼルは、ポケットに小石をたくさん詰め込み、森に連れていかれるときに小石を道に一つずつ落としたおかげで、家に戻ることができました。

また、魔女に召使いとしてこき使われた妹のグレーテルは、魔女からパン釜に入ってパンの焼き具合を確かめるように言われたとき、知恵をめぐらせ、「やり方がわからないので、お手本を見せてください」といって魔女に釜の中に入らせ、閉じ込めてしまいました。

この二か所に着目すると「知恵をめぐらせれば、危機から抜け出せる」という教訓が得られます。

知恵をめぐらせて成功をおさめた例としては、「落ちないリンゴ」がそうです。

平成三（一九九一）年の九月、大型の台風が青森県を襲い、リンゴ農園に甚大《じんだい》な被害をもたらしたことがありました。収穫期を間近に控えていたこともあり、農家の人が落胆《らくたん》したのは言うまでもありません。

「どうしよう、これではリンゴが出荷できない」

しかし、その中でほんのわずかでしたが、大型の台風に遭《あ》っても、木から落ちないリンゴがありました。

「あれだけの台風に遭っても落ちないリンゴは、縁起がいい。これを受験生の合格祈願の縁起物として売り出したらどうだろう」

そう考え、農家の人たちが一致団結して〝落ちないリンゴ〟のＰＲに努めたところ、受験生の親たちがリンゴを求めて殺到。瞬《またた》く間に完売し、全国的に有名になったのです。

そして今では、幼稚園の受験から大学の受験にいたるまで「落ちないリンゴ」は広く人気を集め、全国から注文を受けるようになったといいます。

このように困ったときや困難に見舞われたときは、それを解決するために知恵をめぐらせることです。そうすれば、思いがけない形で問題解決の方法が思い浮かび、危機から抜け出せるに違いありません。

どんなピンチに見舞われても、あきらめないで良いアイデアを出せば、状況は必ず変わり、災い転じて福となすことができるのです。

チャンスは身近なところに潜んでいる◉三枚の鳥の羽

ある王国に三人の王子がいました。上の二人の王子は利口でしたが、一番下の王子は無口で、マヌケと呼ばれていました。

王様は年老いてきたので、次の王を誰にするか決めることにしました。そこで「一番美しい絨毯《じゅうたん》を持ち帰った者を、次の王とする」と言い、持っていた三枚の鳥の羽を一枚ずつ投げて、三人の行き先を決めました。

第一王子は東の方角に羽が落ちたので東、第二王子は西でしたが、第三王子の羽はまっすぐ上に飛んで地面に落ちました。

地面に美しい絨毯などあるはずがないと第三王子はがっかりしましたが、落ちた羽のそばに地下への扉があるのを見つけました。扉を上げて地下に下りていくと、そこには大きなヒキガエルが一匹と、たくさんの小さなヒキガエルがいました。

「どうしたの？」と大きなヒキガエルが尋ねたので、「世界一美しい絨毯が欲しいのです」と第三王子が答えると、大きなヒキガエルは小さなヒキガエルたちに箱を持ってこさせました。そこに入っていたのは、たいそう美しい絨毯です。第三王子は感謝してこれを受け取ると、さっそく地上に戻りました。

　そのころ、二人の兄たちは「あんなマヌケが絨毯を見つけられるはずがない。オレたちが苦労して探すのもバカらしい」とタカをくくり、羊飼いのおかみさんが持っていた粗末なハンカチを持って帰ったのです。

　持ち帰った物を見た王様は、「第三王子を次の王とする」と宣言しました。

　しかし、二人の兄が猛烈に抗議したので、やり直しになりました。そこで王様は「一番美しい指輪を持ってきた者が次の王だ」と言い、再び鳥の羽を投げて探しに行く方向を決めました。すると、またも同じ場所に落ちました。

　第三王子は再び、地下にいる大きなヒキガエルのところへ行き、美しい指輪をもらって地上に戻りました。二人の兄は、古い馬車の車輪の金具を持って帰ったので、王様は「第三王子を次の王にする」と宣言しました。

　ここでも再び二人の兄が抗議したので、王様は「一番美しい娘を連れてきた者が、次の王だ」と言い、鳥の羽を投げると、みたび同じ場所に落ちたのです。

　そこで第三王子がヒキガエルのところへ行って頼むと、黄色いカブの馬車を六匹のネズミに引かせ、馬車に小さなヒキガエルを一匹乗せるように言いました。
言うとおりにすると、カブの馬車は大きくなってネズミは馬に変わり、小さなヒキガエルは美しい乙女になったのです。第三王子は乙女にキスをして王様の所へ戻りました。ちょうど二人の兄も戻ってきましたが、彼らが連れてきたのは、農家のたくましい娘たちでした。

二人の兄は、またしても王様に猛抗議。広場の真ん中に輪をかけ、その輪を跳ねて通り抜けられた娘の同伴者を次の王とするよう、強引に決めさせました。

自分たちが連れてきたたくましい農家の娘のほうが、体を動かすのが得意なのでうまくいくと思ったからです。ところが農家の娘は転んで失敗し、うまくいったのは乙女のほうでした。

こうして、マヌケと呼ばれた第三王子が次の国王になり、長く賢く国を治めたのです。

王様が投げた鳥の羽の方向はまちまちで、第一王子の羽は東の方角に落ち、第二王子の羽は西の方角に落ち、第三王子の羽はまっすぐ上に飛んで地面に落ちました。

一見すると、東のほうへ行ったり西のほうへ行ったりするのと比べて、第三王子の羽が落ちた場所はその地点しかないので、いちばん不利のように思えます。しかし、実際は違いました。

その観点から考察すると、この話からは「チャンスは身近にあって、遠いどこかに存在するのではない」という教えが導き出せます。

身近なところにあるチャンスをつかんで、成功をおさめた人は少なくありません。コーンカップの上に載っているソフトクリームを開発した、アーネスト・A・ハムウィなどはその好例といっていいでしょう。

ハムウィは一九〇四年、セントルイスで開催された万国博覧会の会場でワッフルを販売していました。そんなある日、猛暑だったこともあって、ワッフルはまったく売れませんでしたが、隣の店主が販売しているアイスクリームは飛ぶように売れていました。

ところが、アイスクリームを載せる紙皿が全部なくなるというトラブルが発生。困り果てたのはアイスクリーム屋の店主です。

と、そのときでした。隣でワッフルを焼いて販売していたハムウィは、紙の皿の代わりに、自店の売り物であるワッフルを巻いてアイスクリームを盛って販売したら、おもしろいかもしれないというアイディアが浮かんできました。

そこでさっそく、アイスクリーム屋の店主に提案したところ、これが爆発的に売れたのです。

それまでは器が紙でできていたため、アイスクリームしか食べられませんでした。しかし、ワッフルに巻かれたアイスクリームだと、器まで美味しく食べられるということで、またたく間に会場中に人気が広がり、大好評を博したのです。

その後、ハムウィはワッフルだけでなく、ワッフルに載せたアイスクリーム、さらにワッフルを改良してコーンカップの上に載せたアイスクリームも販売するようになり、ひと財産を築いたといいます。


この話にもあるように、仕事で成功をおさめるチャンスというものは、遠いどこかにあるのではありません。身近なところに潜《ひそ》んでいるものなのです。

また、チャンスをつかむためには、人並外れた企画力や豊富な知識・人脈がものをいうと考えている人がいますが、けっしてそんなことはありません。

日常生活のありふれた身近にある光景の見方を、ちょっと変えさえすればいいのです。

そのためには、視野を広げて、何事も見ることです。

イノベーション感覚、つまり、従来からあるモノ、サービス、ビジネスモデルなどに新たな考え方や技術を取り入れ、新しい価値を生み出す力を磨くことです。

そういう習慣をつけておけば、遠くまで探しに行かなくても、どんどんアイディアが湧いてきたり、願ってもない情報が聞き出せるなどして、チャンスに遭遇するようになるでしょう。

他人の長所を生かせば成功しやすい◉ブレーメンの音楽隊

あるところに働き者のロバがいました。しかし、歳を取ってだんだん仕事ができなくなると、飼い主からいじめられるようになったのです。

耐えられなくなったロバはブレーメン地方に行って音楽隊に入ろうと考え、飼い主のもとから逃げ出しました。

ブレーメンへ向かう途中、ロバは同じような境遇に苦しんでいた犬やネコやニワトリと出会いました。

ロバが「実は、ブレーメンに行って音楽隊に入ろうと思ってね」と話したところ、彼らはその考えに賛同し、みんなで一緒にブレーメンを目指すことになったのです。

ところが、ブレーメンまでは遠いため、一日でたどり着くことはできません。日が暮れたので、四匹が森で休もうとすると、灯りがついている一軒の家があることに気付きました。

そこで、その家に近づいて、窓からこっそり中をのぞいてみると、泥棒たちがご馳走を食べながら金貨を山分けしているではありませんか。お腹がすいていた四匹は、泥棒たちを追い出して、どうにかそのご馳走を食べられないか思案しました。

結果、ロバの上に犬が乗り、犬の上にネコが乗り、ネコの上にニワトリが乗り、音楽を奏でるかのように、いっせいに大きな声で鳴くことにしたのです。

泥棒たちは、今まで聞いたこともない恐ろしい声に驚き、あたりを見渡しました。すると、窓に映った動物たちの影を見て、さらにびっくり。「お化けが出た！」と叫んで、一目散に逃げ出しました。

こうして、四匹は泥棒たちが残していったご馳走にありつくことができたのです。

いっぽう逃げた泥棒たちは、しばらくして落ち着くと、こんな会話を始めました。

「びっくりして逃げ出したけど、あれは本当にお化けだったのかな？」

「もし違っていたら、ご馳走や金貨を置いてきちまったから大損だぞ。確かめに行ってみよう」

みんなで、家に戻ろうということになりました。

泥棒たちは、明かりが消えて真っ暗な家に忍び込みます。それに気づいた四匹は、いっせいに泥棒に襲いかかりました。ロバは蹴《け》り、犬は噛《か》みつき、ネコは引っかき、ニワトリはくちばしで突っつきました。

暗闇の中で襲われた泥棒たちは、やっぱりこの家にはお化けがいると確信し、またしても一目散に逃げ出しました。それ以来、泥棒たちは恐ろし

くなって、もう二度と家に近づこうとはしなくなりました。

いっぽう、四匹の動物はその家がたいそう気に入り、そこで音楽を演奏しながら楽しく暮らすようになったのです。


「キツネとネコ」の話でも少しふれましたが、アメリカに、自動車王と呼ばれた実業家ヘンリー・フォードという人がいました。

フォードは、あるとき、一人の新聞記者からこんな質問をされたことがありました。

「農村出身でキチンとした教育を受けていないあなたが、大成功をおさめることができた秘訣は何ですか？」

すると、フォードは次のように答えたといいます。


私には確かに学歴がない。

しかし、私のまわりにはたくさんの優秀なブレーンがいる。

技術一つとっても、営業一つとっても、税務一つとっても、通訳一つとっても、その道のエキスパートが私を支えてくれている。

私はイタリア語がまったくしゃべれないが、イタリアから注文があれば、イタリア語に精通している通訳が対応してくれる。
そして、イタリア人のニーズに合わせて技術のエキスパートが対応してくれる。
イタリア人と値段の交渉をしてくれるのは、営業に長《た》けた人物だ。
彼らと一致団結したからこそ、私は成功できたのだ。

そのとおりと言っていいでしょう。

人間、一人でやれることはたかが知れています。限界があります。

しかし、その道に長けた人たちが結集し、お互いのスキルや才能が合体すれば、ものすごい力を発揮することになります。

たとえ眼前に大きな壁があろうとも、越えることができます。

そのためには、日頃から良好な人間関係を築いておく必要があります。

老若男女を問わず、自分にはない能力を持っている人、スキルを有している人を大切にすることです。

もし、職場のプロジェクトのリーダーであれば、

「Aさんは企画力に長けている」

「Bさんはパソコンの操作が早くて上手だ」

「Cさんは交渉事に長けている」

「Dさんは英語が得意で翻訳もできる」

ということに敏感になるといいでしょう。

そして、その人たちの力を結集して、プロジェクトに取り組むようにするのです。

そうすれば、ロバが蹴り、犬が噛みつき、ネコが引っかき、ニワトリがくちばしで突っつくことで泥棒たちを撃退したブレーメンの音楽隊のように、うまくいく確率がグンと高まるに違いありません。

プロ野球選手として、コーチ・監督として活躍した西本幸雄さんも、次のように述べています。

「イワシも大群になると力が出る。みんなが心底から力を合わせることによって、何かが可能になる！」

第3章 より良い人間関係を築く

人を差別すると、しっぺ返しをくう◉いばら姫

ある国の王様とお妃《きさき》に、ようやく待望の子供が生まれました。かわいらしい女の子です。喜んだ王様は盛大な祝宴《しゅくえん》を催し、魔法使いの女たちを招待することにしました。しかし、魔法使いは一三人いるのに、彼女たちをもてなすための金の皿は一二枚しかありません。そのため、もっとも嫌いな一人を招待しませんでした。

祝宴に招かれた魔法使いたちは、素敵な贈り物を、次々と生まれた王女に授けていきました。

一一人目の魔法使いが贈り物を終えた直後のことです。突然、招待されなかった魔法使いが現れ、

「王女は一五歳で、紡《つむ》ぎ車の針が指に刺さって死んでしまう」

という呪《のろ》いの言葉をかけて立ち去りました。

その一三番目の魔法使いは、自分だけ差別され、招待されなかったことを恨《うら》み、仕返しにやってきたのです。

王様とお妃は困り果てましたが、そこへまだ贈り物をしていなかった一二人目の魔法使いが進み出て、こう言いました。

「この呪いを消し去ることはできませんが、私が弱めてさしあげます。王女様は死ぬのではなく、百年間眠り続けたあと目を覚まします」

それでも王様とお妃は心配で、国中の紡ぎ車を焼き捨てるよう命じたのです。

王女はスクスクと育ち、とうとう一五歳になりました。

ある日のこと、王女が一人で城の中を歩いていると、塔の最上階で老婆が紡ぎ車を動かしているのを見つけ、興味がわいて近づいていきました。

しかし、王女が紡ぎ車に手を伸ばした瞬間、針が指に刺さり王女は深い眠りに落ちました。

その途端、城中のすべての人々が眠りについてしまったのです。それだけではありません。城は繁殖した茨《いばら》に取り囲まれて、すべてが静止してしまいました。城の中に入ろうとしても、鋭《するど》いトゲのある茨が邪魔するので誰も入れないのです。

それから長い年月が過ぎ、ある国の王子が城のそばを通りかかりました。

茨が絡みついた城を見て、王子はそばにいた老人に「あの城には何があるのだ？」と尋ねました。

「城には美しい王女様が眠っていると、子供のころに聞いたことがあります」

老人からそう聞いた王子は、どうしても美しい王女の姿が見てみたくなり、城に向かって進むことにしました。

このとき、ちょうど百年の呪いが解け、茨の力も弱まって、王子は無事に城の中に入ることができました。そして、眠っている王女を見つけ、その美しさに思わずキスをすると、王女はパッと目を覚ますことができたのです。

その後、順々に眠っていた全員が目を覚ましていき、城は再び動き出しました。

やがて、相思相愛となった王子と王女は華やかな結婚式を挙げ、幸せに暮らすことができたのです。

この話は『眠れる森の美女』というタイトルで映画化されるなどして、あまりにも有名なのでご存じの人も多いのではないでしょうか。

典型的なハッピーエンドのストーリーですが、一人だけ招待されなかった魔法使いに恨まれ、「王女は一五歳で、紡ぎ車の針が指に刺さって死んでしまう」という呪いの言葉をかけられた点に着目すると、「人を差別したり見下したりすると、報《むく》いを受ける」という教訓が得られると思うのです。


その典型がイジメです。イジメはもはや学校内にとどまらず、職場など大人の世界でも起こる深刻な社会問題になっています。

仲間はずれにする。

無視をする。

みんなで陰口をたたく。

インターネットで噂《うわさ》を流す。

みんなの前で恥をかかせる。

仕事を与えない（チームのメンバーから外す）。

責任転嫁する（濡れ衣《ぎぬ》を着せる）。

イジメは人を不幸にするマイナスの行為の典型です。

しかし、こういった行為を平然と行っていると、

「マイナスの行為を行えば、マイナスの現象が自分に返ってくる」

という心の法則によって、大きなしっぺ返しをくうことになります。


したがって、少しでも思い当たる人は、これからは逆の接し方を心がけるようにするといいでしょう。

・職場などで、今まで無視してきた人がいたら、自分から率先して挨拶《あいさつ》をしたり、親切にしたりする。
・自分が同僚の陰口を口にしていたら、これからはつつしむようにし、代わりにみんなの前で褒める。
・自分がチームのリーダーで、チームのメンバーから外している人がいたら、プロジェクトに加え、重要な任務をお願いする。

またイジメにまでは至らないにせよ、人を見下したりすることも厳禁です。

「あの人は学歴がないから」「彼は英語がしゃべれないから」「彼女はまだ若いから」といって見下すような態度をとっていたら、悔い改めて、これからはその人ならではの長所・魅力に目を向けるようにするのです。

「あの人は学歴がないが、マネジメント能力に長《た》けている」

「彼は英語がしゃべれないが、税務の知識に精通している」

「彼女はまだ若いが、機転がきくし、いつも迅速に行動してくれる」

といったように、です。

そうすれば、この物語に登場する王様とお妃が魔法使いから恨まれたようなこともなくなり、誰とでも良好な関係を築けるようになるでしょう。

詮索ばかりすると相手は離れていく◉ネコとネズミとお友達

あるとき、ネコがネズミと知り合いになり、ネコがネズミにこう言いました。

「キミと友達になりたいな。一緒に暮らさないかい。そうすればボクが敵からキミを守ってあげるよ」

すぐにネコとネズミは友達になり、一緒に暮らすようになりました。

あるとき二匹はこんな会話をしました。

「冬になったら食料が手に入りにくくなるから、備えなくてはいけないな」

「そうだね。寒い中、ひもじい思いをするのは嫌だからね」

そこでネコは一壺《つぼ》の油を買ってきました。そして、しまっておく場所をいろいろ考えた末、名案を思いつきました。

「そうだ！　教会の祭壇《さいだん》の下が良いんじゃないか。本当に困るまでガマンしてしまっておこう。祭壇の下なら、盗もうなんて考える不届き者はいないだろうから安全だ」

こうして壺は教会の祭壇の下に置かれることになりました。ところが、ネコはどうしてもその油が食べたくなり、ネズミにこう言いました。

「いとこが子供を産んで、ボクに名付け親になってほしいと頼んできたんだ。今日はその洗礼があるので行かせてほしいんだ」

ネズミが承諾したので、ネコは教会に行き、壺に入った油の上端《うわはし》をなめました。そして、お腹がいっぱいになったネコが家に帰ると、ネズミがこう尋ねました。

「子供の名前は何て付けたの？」

ネコは「〝上無し〟だよ」と答えました。

それから数日後、ネコはまたも油がなめたくてたまらなくなり、ネズミにこう言いました。

「また名付け親に頼まれて、教会に行かなくちゃいけなくなったんだ」

ネコが教会へ行って油を半分なめ、家に帰ると、ネズミが「今日の子供は何て名付けたの？」と尋ねてきたので、ネコは「〝半分終わり〟だよ」と答えました。

それから数日たつと、ネコはみたび油がなめたくなり、ネズミに言いました。

「また名付け親に頼まれたから教会に行ってくるよ」

こうして、ネコはとうとう油を全部たいらげてしまったのです。

お腹がいっぱいになったネコが家に帰ると、ネズミが子供の名前を尋ねたので「〝全部無し〟だよ」と答えました。

やがて、冬が来て食料がなくなります。ネズミは油を取りに教会へ行こうと、ネコにせがみました。二匹がそこへ行くと、壺の中は空っぽです。ネズミはやっと気がつきました。

「名付け親を頼まれたっていうのは真っ赤なウソで、本当は君が全部食べちゃったんだな。最初は〝上無し〟、次が〝半分終わり〟、それから……」

そこまで言うと、ネコは大声で叫びました。

「黙れ！　黙らないとおまえを食べてしまうぞ」

しかし、ネズミの口は止まらなくなり「〝全部無し〟」と言ってしまいます。それを聞いたネコはネズミに飛びかかり、ネズミを飲み込んでしまったのです。


この話に登場するネコはなんとも身勝手で、ネズミは貧乏くじを引いたとしか言いようがありません。

しかし、ネズミにも非がなかったわけではありません。

「子供の名前は何て付けたの？」と何度もしつこく尋ねたりしなければ、ネコに飲み込まれることもなかったでしょう。

ネコにとって、それは聞かれたくないことだからです。

その観点から考えると「詮索《せんさく》ばかりすると、相手は不快になって離れていく」という教訓が得られると思うのです。

都内で会計事務所を営むTさんを例にあげましょう。

Tさんは社員の定着率が悪いことに悩んでいました。給料もまあまあ良くて、労働条件もさほど悪くないのに、どの社員も半年から一年ほどで辞めてしまうのです。

しかし、Tさん自身も穏やかな性格をしていて、社員を怒鳴り散らしたりすることもありません。Tさんは無類の詮索好きだったのです。

暇さえあれば、社員のプライベートなことを根掘り葉掘り、こんなふうに質問していました。

「B子さんは結婚して、もう三年以上も経つんでしょう？　それなのに、なぜ子供をつくらないの？」

「C子さんは、いつも休日、何をしているの？　恋人いないの？　デートとかしないの？　合コンとか参加しないの？」

「D君の実家は旅館を営んでいるよね。D君は長男なのに、なぜ旅館を継がないの？　両親と何かあったの？　ケンカでもしたの？」

顔を合わせるたびに、いつもこんなことを尋ねられたら、社員はたまったものではありません。

「無神経な人だ」と不快な感情がこみあげてきて、「こんな社長の下で働くなんて、もううんざり」ということになります。

実際、誰にでも学歴や年齢や職業など、詮索されたくないことや聞かれたくないことはあるものです。

「本当は大学に行きたかった。しかし、父親が事業で失敗し、多額の借金を抱えたため、それどころではなかった」という人は、高卒である理由を根掘り葉掘り尋ねられるのは不快になるに決まっています。

「本当は結婚を前提につき合っている人がいた。しかし、彼にはほかにも女性がいて、自分ではなくその人を選んだ。それ以来、男性不信に陥ってしまった」という独身女性の場合は、結婚しない理由をしつこく聞かれると、過去の心の傷にふれるため、ネガティブな気持ちにならざるをえなくなります。

したがって、「この人にこんなことを尋ねないほうがいいかもしれない」と思ったら、むやみに突っ込んだ質問をしないことです。

理由が知りたくても、相手が嫌がることをむやみに詮索しないことです。とくにプライベートなことの詮索は、厳禁だと思ったほうがいいでしょう。たとえ、この話に登場するネコのように、相手に問題があったとしても、です。

むしろ適度な距離感を保ったほうが、人間関係はうまくいくものなのです。

自慢すると損をする◉小人のルンペルシティルツヒェン

あるところに貧しい粉屋《こなや》がいました。粉屋には美しい一人娘がいました。粉屋は王様と会ったとき、王様の気を惹《ひ》くために、ついつい出まかせでこんなことを言ってしまいました。

「私の娘はすごいんです。ワラを紡《つむ》いで金にすることができるのです」

それを聞いた王様は、粉屋に娘を城に連れてくるよう命じました。

翌日、娘が来ると、王様はワラがたくさんある部屋に連れて行き、こう言いました。

「さあ、仕事にかかれ。もし、明日の早朝までに金にしなければ、おまえの命はないぞ！」

しかし、娘にはワラを金にする方法などわかりません。途方に暮れて泣いていると、どこからか小人がやってきたので、娘は小人に相談しました。

「私が解決してあげよう。その代わり、おまえが大切にしているものをくれないかい」

そこで、娘は大事にしていた首飾りを渡しました。すると、小人はワラを紡ぎ始め、しばらくすると、そこにあったすべてのワラは金に変わりました。

翌朝、本当にワラが金に変わっているのを見た王様は、驚き喜びました。しかし、欲が出た王様は、さらにたくさんのワラを紡いで金にするよう命じたのです。

すると、娘のところに再び小人が現れ、こう言いました。

「そのワラを金に紡いだら、私に何をくれるんだい？」

娘が指にはめていた指輪を渡すと、小人は朝までにワラを紡いで金にしたのです。

王様は金を見てたいそう喜びましたが、もっと欲しくなり、さらにたくさんのワラを金にするよう命令しました。

「ここにあるワラを全部金にしたら、私の妃《きさき》にしてやろう。だが、しくじったら命はないぞ」

すると、またしても小人がやってきて、「このワラを紡いだら何をくれる？」と言ったので「あげるものは、もう何もありません」と答えると、小人はこう言いました。

「じゃあ、お妃になったら、最初の子供を私にくれると約束してくれ」

ほかに助かる方法がないので、渋々、娘が承諾すると、小人は再びワラを紡いで金にしたのです。翌朝、王様はたくさんの金を見て大喜びし、娘をお妃にしました。

一年後、お妃は子供を産んだのですが、小人との約束をすっかり忘れていました。そこへ小人がやってきて、子供を渡すように言ってきたのです。

ところが、お妃は愛する子供を渡したくなくてシクシク泣き崩れるばかりなので、かわいそうになった小人はこう言いました。

「三日間待ってやるよ。それまでに私の名前を言えたら、子供は連れて行かないよ」

そこで、お妃は家来に国中の名前を集めさせま

したが、小人の名前はなかなかわかりません。焦《あせ》るお妃に、城に戻ってきた家来の一人がこんな報告をしたのです。

「森で奇妙な歌をうたう小人がおりました」

その歌とは、次のようなものでした。

「♪今日はパン焼き、明日はビール作り、明後日は妃の子を迎えに、オレの名前がルンペルシティルツヒェンとは誰も知らない～」

三日たって、子供を受け取りにやってきた小人は、お妃に見事に名前を言い当てられてしまいました。その結果、お妃は子供を渡さずにすんだのです。

調子にのって、自慢して「♪オレの名前がルンペルシティルツヒェンとは誰も知らない～」と歌ってしまった小人。こんな歌をうたわなければ、小人は子供を手に入れることができたでしょう。

また、そもそも粉屋が娘をだしに見栄を張って自慢しなければ、トラブルが娘に降りかかることもなかったでしょう。娘に何かあれば粉屋も無事ではいられません。

つまり、この話は「自慢話や隠しごとは口にしてはいけない」と教えているのです。

たとえば、アメリカの独立に貢献した政治家のベンジャミン・フランクリンです。

フランクリンは子供のころからとても優秀でしたが、「何が正しくて、何が間違っているか」にこだわるところがあり、それが原因で他人と論争を繰り返すことがしばしばありました。相手の過《あやま》ちを突いて、徹底的に相手をやりこめようとするところがあったのです。

しかし、あるとき、いくら自分の考えていることが正しくても、それでは良好な人間関係が築けないことに気づきます。

必要以上に正しさを主張し過ぎると、長い間続いた関係も一瞬で壊れてしまいます。なぜなら、人間には自己重要感（承認の欲求）というものがあり、間違いを指摘されると、それが台無しにされ、プライドが傷つくからです。

以来、フランクリンは他人との論争をひかえるようにしました。

「自分が正しい」「あなたは間違っている」と正面から相手を非難するのをやめ、相手を尊重するように心がけたのです。

現代社会の人間関係に置き換えて考えると、内緒にしておくべきこと、隠しておいたほうがいいことも口にしないほうがいいでしょう。

それが原因で他人から嫌われ、チャンスを逃してしまうことがあるからです。

ある商社にＳさんというやり手の営業マンがいました。

Ｓさんには F部長という上司がいて、あるとき二人は、役員会議に提出する企画書を共同で作成したことがありました。

その企画書は役員会議でも評価され、Ｆ部長がホッと胸をなでおろしたそのとき、あろうことか、突然Ｓさんは「企画書の骨子《こつし》は私がほとんど考えました」という言葉を口にしました。

Ｓさんからすれば、すべてＦ部長の手柄ではないということを言いたかったのですが、Ｆ部長からすれば自己重要感を損なわれたようなものです。これではＦ部長の立場がありません。

「企画書の骨子は私がほとんど考えました」という言葉は絶対に言うべきではありませんでした。結局、この件があってから、ＳさんはＦ部長から嫌われるようになり、ほどなくしてほかの部署へ異動させられてしまいました。

これらのケースにもあるように、言わなくていいことをポロっと言ってしまうと、大いに損をするので、他人と会話をするときは、「こういうことは口にしていいものだろうか」

と、いちいち吟味《ぎんみ》することも大切です。

現代はＳＮＳ全盛時代ですが、言葉を吟味することなく発信してしまい、大いに後悔したことがある人もいるでしょう。

とくに、他人の自己重要感のスポイルにつながることや、内緒にしておいたほうがいいことには細心の注意を払うべきで、それだけでも人間関係のトラブルは防げるようになるでしょう。

嫉妬は不幸の始まり◉白雪姫

ある国のお妃が、かわいい女の赤ちゃんを産み、白雪姫と名付けました。

ところが、お妃は赤ちゃんを産むとすぐに亡くなってしまったので、王様は新しいお妃（継母《ままはは》）を迎えました。このお妃は美しかったのですが、たいそうねたみ深い人でした。

そして、魔法の鏡に「鏡よ鏡、この世で一番美しいのは誰？」と尋ねるのが日課で、鏡は必ず「あなたが一番美しい」と答えていたのです。

しかし、白雪姫が七歳になったある日のこと、魔法の鏡は「この世で一番美しいのは、白雪姫です」と答えました。お妃は、たいそう悔しがり、白雪姫を森に連れて行って殺すように、狩人に命じました。しかし、かわいそうに思った狩人は白雪姫を逃がしてやりました。

白雪姫は森をさまよった末、一軒の家を見つけ、そこに住んでいた七人の小人と一緒に暮らすことになったのです。

次の日、お妃はウキウキしながら、魔法の鏡に「鏡よ鏡、この世で一番美しいのは誰？」と尋ねると、鏡は「一番美しいのは、森の奥で小人と暮らす白雪姫です」と答えるではありませんか。

白雪姫が生きていると知ったお妃は怒りに震え、老婆に化けて森に出かけていきました。そして白雪姫の家に入り、彼女の胸をヒモできつく絞め、仮死状態にしてしまいました。

幸い、仕事から帰ってきた小人たちが胸を絞め付けているヒモを切ると、白雪姫は息を吹き返しました。

お妃はやがて、白雪姫がまだ生きていることを鏡で知ります。そして別の老婆に化けて出かけ、毒の塗ってあるクシで白雪姫の髪をとかしたのです。

すると、毒がきいて白雪姫は再び仮死状態になってしまいましたが、またもや小人たちがクシを抜き取ってくれたので、白雪姫は息を吹き返しました。

そのことを知ったお妃は、農家のおばさんに化けて、毒リンゴを持って森に行きました。「お嬢さん。おいしいリンゴを一口食べてみてくださいな」と誘うので、我慢できなくなった白雪姫がリンゴをかじると、バタンと倒れて息が絶えてしまったのです。

小人たちは白雪姫を生き返らせようと、いろいろ手を尽くしましたが、今度はさすがに動きません。しかし、白雪姫の頬《ほお》は赤く生きているようだったので、埋葬はせず、ガラスの棺《ひつぎ》に入れて山の上に置いておいたのです。

お妃は城に戻ると、さっそく鏡に聞いてみました。すると「この世で一番美しいのは、あなたです」と言うので、お妃は大喜びしました。

それからほどなくして、隣の国の王子が、森の中を通ったときのことです。棺に横たわる白雪姫を見つけた王子は、あまりの美しさに惹《ひ》かれて連れて帰ろうと考えました。

ところが、王子の召使いが棺を運ぶ途中、つまずいてしまい、揺れた拍子に白雪姫の喉《のど》に詰まっていた毒リンゴが飛び出します。これで白雪姫は息を吹き返したのです。

それ以来、魔法の鏡は「この世で一番美しいのは白雪姫です」と答えるようになりました。そして、王子と一緒に隣の国へ行った白雪姫は厳重に守られ、やがて二人は結婚して幸せに暮らすようになります。

手を出せなくなったお妃は、とうとう嫉妬《しっと》に狂って死んでしまいました。

グリム童話の中でも有名なこの話を、知らない人はまずいないと思います。

お妃が魔法の鏡に「鏡よ鏡、この世で一番美しいのは誰？」と尋ねたとき、魔法の鏡が「この世で一番美しいのは白雪姫です」と答えました。

それを聞いたお妃がたいそう悔しがり、何度も白雪姫の暗殺を企《くわだ》てました。

なんとも恐ろしいお妃ですが、この点に着目すると「人をねたむといつか自分が不幸になる」という教訓が得られるのではないでしょうか。

実際、人をねたんで幸せになれる人はいないといっていいでしょう。

たとえば、A子さんに恋人ができて結婚の運びとなる。そのことをB子さんがずっとねたみ続けたとします。

すると、B子さんは「私には恋人がいない。だから、結婚できない」という敗北感と劣等感と不快感を感じないではいられなくなります。

それによって、心はマイナスの想念でいっぱいになります。

その結果、「悪いことを思えば、悪いことが起こる」という心の法則によって、B子さんの人生はますます悪い方向に向かうようになるわけです。

逆に、A子さんに恋人ができて結婚することをB子さんが素直に喜んであげれば、他人の幸福を豊かな気持ちで祝福することになり、プラスの想念で心がいっぱいになります。

そうすると、「良いことを思えば、良いことが起こる」という心の法則によって、人生に喜ばしい現象が生じ、今度は周囲の人から祝福されるようになるのです。


しかし「言うは易《やす》し、行うは難《かた》し」で、ねたむ気持ちを消し去れない人もいると思います。そういう人は「隣の芝生《しばふ》は青く見える」という格言を思い出し、「どんな人も自分の知らないところで苦労をしている。大変な思いをしている」と言い聞かせてみるといいでしょう。

たとえば、玉の輿《こし》に乗って、資産家の御曹司《おんぞうし》と結婚した女性が身近にいるとしたら、次のように考えてみるのです。

・彼女はお金の苦労はしないですむかもしれないが、自由に使えるお金はそれほどないかもしれない。
・堅苦しいしきたりやマナーに縛られ、気疲れも絶えないだろう。
・八ヶ岳に別荘があるみたいだけど、維持管理は大変だし、生えてくる雑草も刈り取らなければならない。余分な仕事が増える。
・それに比べると、自分はお金持ちではないが、自由に使えるお金が少しはある。
・何も縛られることなく、自由に生活できる。

このように「大変なのは自分だけでなく相手も同じ」と考えるようにすれば、相手をねたむ気持ちが激減していくはずです。

むしろ、やさしく思いやりに満ちた態度で接することができるでしょう。

約束を守らない人は信用をなくす◉苦楽を分かつ

あるところに、とても喧嘩《けんか》っ早い仕立屋《したてや》（衣服を縫《ぬ》う職人）の主人と、気立てがよく働き者で信心深い妻がいました。

　主人はちょっとでも気に入らないことがあると妻に対してひどいことを言ったり、殴りつけたりしていました。近所の人たちは、「あれじゃあ、奥さんがかわいそうすぎる。気の毒だ」と言い合って、お巡りさんに言いつけました。

　そこでお巡りさんは、仕立屋を捕まえて牢屋に入れたのです。

　数日たって主人はお巡りさんに、こう懇願《こんがん》しました。

「そろそろ牢屋から出してくださいよ。こんな窮《きゅう》屈《くつ》なところに閉じ込められては息が詰まってしまいます」

　すると、お巡りさんから、

「ここから出たかったら、もう二度と奥さんを殴

ったりしてはならないぞ。これからは夫婦仲良く、苦楽を分かち合って暮らしていくと約束しなさい」

と言われたので、主人は仕方なく約束したのです。

家に戻った主人は、しばらくはおとなしくしていましたが、数日もたつとまた、喧嘩っ早い性格を抑えられなくなりました。

しかし、お巡りさんから奥さんを殴ってはならないと言われていたので、妻を殴るわけにはいきません。そこで、妻の髪の毛をつかんで強く引っ張ったり、逃げる妻にハサミや物を投げつけたりしました。

そして、投げた物が妻に当たると笑い、当たらないと怒りました。

こんな調子なので、すぐに近所中で「仕立屋の主人は、また奥さんをひどい目にあわせているよ」という噂《うわさ》が立ってしまったのです。

それがお巡りさんの耳にも届き、再び、主人は捕らえられました。

「これからは奥さんを殴らないで仲良くすると約束したのに、おまえはついこの間、交《か》わした約束も守れないのか？」

すると、主人は次のように言い返しました。

「あれから私は、妻のことを一度も殴ってはいません。髪の毛をとかしてやろうとしたのに、妻が逃げようとしたので髪の毛が引っ張られて痛い思いをしただけです」

「それに妻が家を出て行こうとしたので、家のことを思い直してもらおうと思って、妻に手元にあった物を投げただけなのです」

主人の言い訳はさらに続きました。

「それに私ら夫婦は、喜びも苦しみも分かち合っていますよ。だって、投げた物が妻に当たれば私は喜び、妻は苦しみます。そして投げた物が外れれば、私が苦しみ、妻は喜びますからね」

これを聞いたお巡りさんは激怒し、まったく反省の色がないということで、主人に前よりも重い罰を与えたのです。

「もう二度と奥さんを殴ったりしてはならないぞ。これからは夫婦仲良く、苦楽を分かち合って暮らしていくと約束しなさい」とお巡りさんから諭《さと》されたにもかかわらず、約束を守らなかった仕立屋の主人は、とうとう前よりも重い罰を与えられてしまいました。

その観点から考察すると、この話は「約束を守らないと信用をなくしてしまう」ことを教えているといってもいいでしょう。

逆にいえば、人から好かれる人には「約束を守る」という共通点があるのです。

その一つが、時間をキチンと守ることです。

「○○の駅前にある喫茶店で○○時に待ち合わせしましょう」

「○○ホテルのロビーで○○時にお待ちしています」

「○○時に御社におうかがいします」

このように約束をすると、必ず時間を厳守します。それも、約束の時間の五分前にはその場所にいます。もし、約束の時間に来られない場合は、事前に必ず「こういう理由があって少し遅れます。申し訳ありません」という連絡を相手に入れます。

つまり、約束を守るというのは、誠実さの表れであり、相手に敬意を払うための重要な役割を果たすことを、他人から好かれる人は熟知しているのです。

そして「相手を待たせて、不快な気分にさせないようにしよう」と注意を払っているのです。

約束を守るというのは、時間に限ったことではありません。

口にしたことをキチンと実行することも約束につながり、他人から好かれる人は、この点にも注意を払っています。たとえば、

「新しくお店をオープンされたようですね。おめでとうございます」

「どうもありがとうございます」

「来週あたり、お店のほうに立ち寄らせていただきますね」

という会話も、ただの社交辞令で終わることはありません。翌週には本当にお店に顔を出します。これも相手に対する誠実さの表れであり、敬意の証しなのです。

こうした約束が守れる人間になるためには、日頃からそうしたクセをつけておくといいでしょう。

・人と会う約束をしたら、必ず時間を守る。

・「○月○日までに企画書を提出するように」と上司から言われたら、どんなに忙しくても必ず期日を守る。

・小銭が足りなくて、十円玉一枚でも友人から借りたら、必ず返す。

・「来月、食事でもどうですか？」という言葉を知人に口にしたのなら、翌月に入れば必ず食事に誘う。

このようなクセをつけておけば、やがてそれは習慣になり、いちいち考えなくても自然に行えるようになります。すると「あの人は信用できる」「誠実な人だ」という印象を持たれ、好意を寄せられるようになるのです。

逆に約束を守らない人は、この話に登場する仕立屋の主人のように、他人から嫌われ、損害を受けるようになるのです。

与える人は与えられる◉星の銀貨

あるところに、大変貧しい一人ぼっちの小さな女の子がいました。両親はすでに亡くなって、住む家もなく、粗末な服を着ているだけで着替えも持っていません。食べ物も、親切な人にもらったパンだけです。

でも女の子は、心が素直でやさしく、信心深い子でした。

ある日、野原を歩いていると、貧しい男と出会い、こう言われました。

「お腹がすいてたまらないから、何か食べ物をおくれよ」

そこで女の子は、持っていたパンを全部、男にあげてしまいました。

「どうぞ神様のご加護がありますように」

こう男のために祈ると、また歩き出したのです。

すると今度は、子供が一人で泣きながらやってきて言いました。

「頭が寒くて凍りそうだよ。かぶるものをちょうだい」

女の子は、かぶっていた頭巾《ずきん》を脱いで子供にあげました。

また、少し歩くと、寒くて震えている子供に出会ったので、自分が着ていた服を脱いであげました。

歩いているうちに森に入ってしまい、真っ暗な夜になっていました。

そして、女の子は裸の子供と出会い、今度は肌着のシャツをねだられたのです。

「真っ暗だから誰にも見られやしないでしょう。いいわ、シャツもあげましょう」

女の子は、とうとう肌着まであげてしまい、きれいさっぱり何もなくなってしまいました。

そのときです。なんと、夜空にキラキラ輝いていたたくさんの星がパラパラと地面に落ちてきて、銀貨になったのです。女の子は驚いて目を見張りました。

さらに不思議なことに、気がつくと女の子は新しい上等な肌着を身につけていました。女の子は、落ちてきた銀貨を、神の恵みと思い感謝して拾い集め、それで一生豊かに暮らすことができたのです。

この話は、与える心の大切さを説いています。与える心でいると、相手も喜ぶため、良好な人間関係が築けるようになります。神様も味方になるので運も良くなり、多くの人から好かれるようになります。

つまり、この物語に登場する女の子のようにハッピーな人生が送れるようになるのです。

しかし、こう言うと「私にはお金も、人に与える物もない。物語に登場する女の子のように、他人にどんどん物を与えていたら生活できなくなってしまう」と思う人がいるかもしれませんが、そんなことはありません。

よくよく考えてみると、人に与えられる物はいろいろあるはずです。

読まなくなった本や聴かなくなったCD、観なくなったDVDなどがそうです。

小説好きの人には読まなくなった本をあげたり、クラシック音楽が好きな人には聴かなくなったCDをあげれば、たいていの人は喜んでくれます。

そして、これは物に限ったことではありません。

「パソコンのやり方を教えてあげようか」

「駅前のイタリアンのお店は、パスタはどれも美味しいよ」

このように知識や情報を提供してあげることも、与える心を強めることになります。このほかにも、人に与えることができるモノはたくさんあります。

仏教には「無財の七施」という教えがあります。

一．やさしいまなざしで人に接する（眼施《げんせ》）

二．笑顔で人に接する（和顔悦色施《わげんえつじきせ》）

三．やさしい言葉を投げかける（言辞施《ごんじせ》）

四．重い荷物を持ってあげるなど、他人のために体を使う（身施《しんせ》）

五．気配りと思いやりの心を持つ（心施《しんせ》）

六．席や場所を譲る（床座施《しょうざせ》）

七．来客を温かくもてなす（房舎施《ぼうじゃせ》）

こういったことを普段から心がけていけば、与える心はどんどん強くなります。「あなたが人に与えたものは、天があなたに倍加させて与え返してくれる」という名言にもあるように、今度は多くの人から与えられるようになるでしょう。

感謝しなくていい人間はいない◉親不孝な息子

男が妻と二人で、戸口に座っていました。夫婦の前のテーブルには美味しそうなニワトリの丸焼きが置かれていました。彼らは二人だけで、そのご馳走を食べようとしていました。

そのときです。窓の外を見た男が、ちょうど年老いた彼の父親がやって来ることに気づきました。

すると、男は急いでニワトリの丸焼きを隠してしまいました。父親に食べさせたら、自分たちの食べる分が減ってしまうからです。

まもなくして父親が入って来ましたが、夫婦は長居をされると困るので、水をちょっぴりだけ出しました。年老いた父親は、飲み物を飲んで、話をしてすぐに帰っていきました。

その後、男が隠しておいたニワトリの丸焼きを改めて食卓の上へ出そうとしたときです。ニワトリはいつのまにか、大きなヒキガエルに変わっていました。そして、男の顔に飛びつくと、そこにべちゃりとへばりついて離れなくなってしまったのです。

近くに住む人たちがヒキガエルを離そうとすると、次はその人たちの顔に移ろうとするかのように、不気味ににらみつけるのです。

もし、自分の顔に飛びついてきたら、それこそ一大事だ。誰もがそう考えたため、誰も男の顔からヒキガエルを離そうとしません。

それ以来、男は毎日、ヒキガエルにエサを与え

なくてはならなくなりました。エサを与えないと、ヒキガエルがお腹をすかして、男の顔の肉を食べてしまうからです。

それからというもの、男はヒキガエルのエサを探すために、休みなく歩き回らねばならなくなりました。

なんとも不気味な顚末《てんまつ》ですが、「自分のことばかり考えて欲張ると、ろくなことがない」「親を粗末に扱うと、バチが当たる」ということを、この話は教訓として表しているのでしょう。

もし息子が、父親に対して、

「今まで育ててくれてありがとうございます」

「自分がこの世に生まれてこられたのは、お父さんとお母さんのおかげです」

という感謝の心に満ちていたら、ニワトリの丸焼きがヒキガエルになることはなかったと思われます。

感謝の心を持つ。これは、良好な人間関係を築くためにも大切なことです。

感謝の心があると、愛と慈悲に満ちた波動を発することができ、多くの人から好感を持たれるようになるのです。

そう考えると、家族や職場の仲間はもちろんのこと、すべての人に対して感謝の心を抱いたほうがいいでしょう。

たとえば、コンビニの店員やトラックの運転手、農家の人に対しても、です。

コンビニでおにぎりが買えるのは、店員のおかげです。

おにぎりが食べられるのは、それを作ってくれている工場で働く人たちのおかげです。

工場からおにぎりをコンビニに運ぶのは、トラックの運転手なので、彼らのおかげです。

おにぎりの主材料であるお米が食べられるのは、農家の人のおかげです。

そう考えると、私たちが感謝すべき人は無限に存在するといっていいでしょう。感謝しなくてすむ人など、いないかもしれません。


この感謝の心を強めるためには、日常のちょっとした場面においても「ありがとう（ございます）」という言葉を口ぐせにすることが大切です。

家族に朝食を作ってもらったら「おいしい食事をありがとう」。

職場の仲間に電話を取り次いでもらったら「○○さん、ありがとう」。

住んでいるマンションの管理人と顔を合わせたら「いつもありがとう」。

そして、この「ありがとう」という言葉を、一日何回、口に出せるか挑戦してみるといいと思います。

今日、一〇回、口にできたら、明日は一五回。それがクリアできたら、二〇回と、「ありがとう」の数を増やしていくようにするのです。

そうすれば、いつも〝ありがとうオーラ〟を漂わせるようになります。

そうすれば、他人に向けて、オーラが拡散されるようになります。

その結果、誰もがそのオーラに魅せられ、誰からも好かれるようになるのです。

第4章
不幸の根は元から絶つ

人をバカにするとバチが当たる◉ワラと炭とソラマメ

おばあさんがかまどに火をつけるため、一つかみのワラをくべようとしたところ、指から一本のワラが、するりと床に抜け落ちました。

そんなことを気にもとめず、おばあさんはワラに火をつけ、かまどの火をおこしました。鍋《なべ》をかけて、ソラマメをその中に入れて煮ようとしたのですが、そのとき一粒のソラマメが床に落ちました。でも、おばあさんはそれにも気づきませんでした。

次に、かまどの中で燃えていた炭が、一本、勢いよく跳ねて床に落ちましたが、おばあさんは放ったままでした。

床にいたワラは驚いて、炭とこんな会話をしました。

「ずいぶん勢いよく飛び出してきたもんだね。どうしたっていうんだい？」

「だってあのままだったら、灰になっておしまいだからね」

すると、ソラマメが話に加わってきました。

「私もだ。仲間のソラマメは鍋の中でグツグツゆでられている。私はそんなのごめんだ」

炭とワラがうなずいたので、続けてソラマメがこんな提案をしました。

「ここから出て別の村に行こうよ。そこで協力しあって、仲良く暮らさないかい？」

こうしてみんなはおばあさんの家を出たのですが、村のはずれまで行くと川が流れていて、その川を渡らないと、先には進めませんでした。

そこで、ワラが言いました。

「ボクが橋になるよ。ボクが向こう岸に向かって倒れるから、その上をキミたちが渡ればいい。そして渡り終わったら、ボクを引っ張ってくれれば、全員向こう岸に着けるだろう」

ワラの提案に炭とソラマメが賛成したので、ワラはさっそく向こう岸に倒れ、うまい具合に橋になりました。

しかし、ソラマメは細いワラの橋を渡るのが怖くなって尻込みしました。そこで、火種が残っている炭が先に渡ることにしました。

ワラの細い体からは、下を流れる川がよく見えます。炭は、川の水がザーザーと流れるのを見たとたん、足がすくんで動けなくなってしまいました。

「早く渡ってくれよ！　このままじゃ、キミの炎が燃え移ってボクが燃えちゃうよ」

ワラは焦《あせ》って言いましたが、炭はまったく動けません。

とうとうワラが燃え始めて、あっという間に燃え尽き川に落ちてしまったのです。同時に炭も川に落っこちて、ジュッという音を残して水に流されてしまいました。

それを見ていたソラマメは、おかしくて、お腹を抱えて大笑いしました。しかしあんまり笑ったものですから、とうとうお腹がパチンとはじけてしまったのです。

「ああ痛い。かわいそうな彼らのことを笑ったりしたから、バチが当たってしまった」

そこへ仕立屋が通りかかり、ソラマメがかわいそうに思えたのか、お腹を縫ってくれました。

ソラマメは仕立て屋に感謝しましたが、ちょっときまりが悪いことになりました。仕立屋がソラマメのお腹を黒い糸で縫ったので、縫ったところが黒い線になってしまったのです。

それ以来、どのソラマメにも黒い線がつくようになったということです。

この話は後半のシーンに注目してください。ワラが燃えて川に落ち、炭も川に落っこちて水に流された光景を見て、ソラマメの笑いは止まらなくなりました。

そのせいでバチが当たり、お腹がパチンとはじけてしまいました。仕立屋にお腹を縫ってもらったものの、縫ったところが黒い線になってしまいます。

この観点から考察すると、この話からは「他人をバカにすると、自分も手痛いしっぺ返しをくうことになる」という教訓を導き出せるでしょう。

興味深い話があります。

あるとき、アメリカの心理学者が、他人をいつもあざ笑い、バカにしている大学生一〇人を対象に、彼らが社会人になった後、どんな人生を歩むのかを調査したことがありました。すると全員が、成功とか発展などとは真逆の、マイナスの人生を送っていることがわかったのです。

ある人は仕事のミスが多いため、会社をクビになってばかりいました。

ある人は年下の上司に怒鳴られてばかりいる、うだつの上がらないサラリーマン生活を送っていました。

ある人は犯罪に手を染めてしまい、刑務所を出所した後も前科者のレッテルを貼られ、なかなか定職に就けないでいました。

要するに、自分があざ笑われ、バカにされてもおかしくない立場になってしまったわけです。

また、言うまでもないことですが、他人をあざ笑い、バカにしている人は、みんなから嫌われます。

そういう行為は、「自分は優れていたい」「認められたい」「敬《うやま》われたい」という相手の承認の欲求、言い換えると自己重要感を損ねてしまい、相手のプライドを傷つけるからです。

一生懸命勉強して簿記《ぼき》の三級の資格を取って、喜びにひたっているとき、人から「今どき、簿記の三級くらい、誰にだって取れるよ。そんなの自慢にもならないし、何の役にも立たないよ」と言われたら、どんな気分になるでしょう。

不快の念はもちろんのこと、嫌悪感さえ湧いてきてもおかしくありません。そうならないためには、人と会話をするとき、相手を立て、褒《ほ》めるようにするのがいちばんです。

簿記の三級の資格を取って、喜びにひたっている人を例に出すと、次のように承認の欲求（自己重要感）を満たしてあげる言葉を口にするのです。

「一生懸命勉強したらしいですね。本当に努力家なんですね。私も見習わないと……」

「忙しい合間を縫って、簿記の資格を取ったとはすごい！　集中力がずば抜けている証拠だね。頭が下がるよ」

こう言われて、不機嫌になる人はまずいません。

承認欲求が満たされたことで気分が良くなり、今度はその人が、同様の態度をほかの人に対しても取る可能性が高くなります。

結論的に言えば、他人をバカにしないように自分を戒《いまし》め、代わりに他人を立て、褒めるようにすれば、この話に登場するソラマメのように手痛いしっぺ返しをくうこともないはずです。

表面上の言葉や見かけに惑わされるな◉赤ずきん

赤いずきんをかぶっているので、赤ずきんと呼ばれている女の子がいました。

ある日、赤ずきんはお母さんから、森に住んでいる病気のおばあさんのところに食べ物を届けるように頼まれました。森は危険なので、道草をしないで早く帰ってくるように注意をされ、送り出されたのです。

さっそく赤ずきんは、おばあさんのところへ出かけましたが、その途中でオオカミに出くわし、こんな会話になりました。

「赤ずきんちゃん、そんなに急いでどこに行くんだい？」

「おばあさんの家へ食べ物を届けに行くのよ。早く食べさせてあげたいの」

「あそこにきれいな花が咲いているよ。持っていったら喜ぶに違いないよ」

オオカミが指さすほうを見ると、確かに美しい花がいっぱい咲いています。赤ずきんは、花を摘《つ》んで花束にして持っていったら、おばあさんはどれほど喜んでくれるだろうと思いました。

そこで、赤ずきんは、母親から道草をしないように注意されたことをすっかり忘れ、花を摘み始めたのです。

しかし、これはオオカミの罠《わな》でした。赤ずきんが花を摘んでいる間、オオカミはおばあさんの家に行き、寝ているおばあさんを食べてしまったのです。

そしてオオカミは、おばあさんの服と帽子を身に付けてベッドに入り、おばあさんになりすますことに成功しました。

そこへ赤ずきんがやってきます。

「おばあさん、赤ずきんよ。食べ物とお花を持ってきたわ。それにしてもおばあさんは、とても耳が大きいわね」

「おまえの声がよく聞こえるようにだよ」

おばあさんになりすましたオオカミが答えると、再び赤ずきんが尋《たず》ねました。

「おばあさんの目、とても大きいわね」

「おまえがよく見えるようにだよ」

不思議に感じながらも、さらに赤ずきんが尋ねました。

「それに、とても大きな口ね」

「おまえを一口で食べられるようにだよ！」

こう言うやいなや、オオカミは一瞬で赤ずきんを飲み込んでしまったのです。お腹がいっぱいに

なったオオカミは、グーグー寝入ってしまいました。

そこへ猟師が通りかかり、いびきの音に驚いて家に入ると、なんとベッドにオオカミが寝ているではありませんか。おばあさんと赤ずきんが食べられてしまったことを察した猟師は、ぐっすり眠っているオオカミのお腹をハサミで切り始めました。

すると、中からおばあさんと赤ずきんが生きて無事に出てきました。すると猟師は、オオカミのお腹に石を詰めて、二度と悪さができないようにこらしめたのです。

助かった赤ずきんは、途中で道草をしたことをたいそう反省しました。

「ああ死ぬかと思った。おばあさんまでひどい目に遭わせちゃって……。これからはお母さんの言うことを聞いて良い子になるわ」


オオカミが「赤ずきんちゃん、そんなに急いでどこに行くんだい？」と尋ねたとき、赤ずきんが安易に「おばあさんの家へ食べ物を届けに行くのよ。早く食べさせてあげたいの」と言わなければ、オオカミがおばあさんの家に行くことはなかったでしょう。

また、赤ずきんがおばあさんの家に行ったとき、おばあさんの耳や目が大きいことに疑問を抱いて、別人であることを見抜き、すぐに立ち去れば、オオカミに襲われることもなかったかもしれません。

そうしたことを考えあわせると、この話からは「人を表面上の言葉や見かけで判断してはならない」という教訓が得られると思うのです。

表面上の言葉でだまされる典型といえば、詐欺《さぎ》などの被害に遭うことでしょう。

投資詐欺を例に出すと「○万円ほど投資すれば、これだけ儲《もう》かります」を常套《じょうとう》句《く》にしています。

しかし、信頼のおける投資アドバイザーは違います。まず、キチンとリスクを説明し、それを相手が納得したうえで本題に入ります。

表面上の言葉といえば営業マンの見定めも同じです。お金を取ることばかり考えている営業マンは「これを飲めば、必ず持病の○○が治ります」という言い方しかしません。

しかし、信頼のおける良心的な営業マンは違います。「人によっては、△△や□□といった副作用が起きることもあります」と、リスクを説明します。

したがって、甘い話・美味しい話しかしない人には注意を払うべきです。そもそも、赤の他人が自分を儲けさせてくれるなんて、そんなうまい話はまずありえないと思ったほうがいいでしょう。

また、オオカミから「そんなに急いでどこに行く」と尋ねられ、赤ずきんが安易に「おばあさんの家に行くの」と答えたことを反面教師に、知らない人から何かを尋ねられたときも、安易に返答しないほうがいいかもしれません。

たとえば、知らない人から「今、どんなお仕事をされているのですか？」と尋ねられたとき、「こんなプロジェクトでこういう仕事をしています」と答えてしまうと、情報が盗まれてしまう可能性もあるからです。

したがって、よほど親しくしている信頼のおける人以外には、差しさわりのない範囲で受け答えをしたほうがいいかもしれません。

さらに、おばあさんの服と帽子を身に付けてベッドに入り、おばあさんになりすましたオオカミにだまされた赤ずきんを反面教師に、人を見かけで判断するのもつつしんだほうがいいでしょう。

あの人は容姿がいい、一流大学を出ていて年収も一千万円以上ある、取締役の地位にある……。そう思って近づいても、性格や人間性に問題がある人だと、やがて自分に火の粉が降りかかってくる可能性があるからです。

そうならないためには、相手の外見（容姿）、学歴、職業、役職、収入などの条件に目を奪われないことが大切で、代わりに「誠意があるかどうか」を判断基準にするといいと思います。誠意というのは、その人間の人格の表れだからです。

いずれにしても、これらの点に注意を払えば、オオカミにだまされた赤ずきんのような目には、まず遭わないと考えていいでしょう。

悩んでも解決しない問題は考えるな◉牧童

賢いと評判の、羊飼いの男の子がいました。この子はどんな質問にも答えるため、広く名をとどろかせていました。

その評判を聞きつけた王様が、城に男の子を呼んで言いました。

「三つの質問に答えられたら、おまえを我が子にして一緒に城に住まわせてやろう」

王様は最初の質問をしました。

「海の水は何滴あるのか？」

こう問われた男の子は「私が数え終わるまで、この世にあるすべての川から水が一滴も海に流れないよう、せき止めてくだされば、お教えしましょう」と答えたので、王様は次の質問を投げかけました。

「では、空にはいくつ星があるのか？」

すると男の子は、大きな白い紙が真っ黒になってしまうほどの細かなたくさんの点を書いて、王様にこう言いました。

「紙に書いた点と同じくらい多くの星があります。数えてみてください」

ところが、王様は数えることができません。

そして、王様は最後の質問を投げかけました。

「永遠とは、何秒あるのか？」

こう尋ねられた男の子は、

「高さと幅と奥行きが、それぞれ一時間かかる距離のダイヤモンドの山へ百年に一度ずつ小鳥が来て、ダイヤモンドをくちばしで研《と》ぐ。その山がすべてなくなったとき、永遠の最初の一秒が過ぎたことになります」

と返答しました。

王様は、これらの答えにたいそう感心し、男の子を自分の子供にして一緒に城で暮らすことにしたのです。

この話は少し難解ですが、「悩んでも解決しない問題は、考えるだけムダである」という教訓を示していると解釈できるでしょう。

実際、「海の水は何滴あるのか？」という王様の質問は、最新の現代科学をもってしても、はっきりとした数字は出せないと思います。

空にある星の数も同じです。やはり、現代科学をもってしても、はっきりとした数字は出せないでしょう。

私たちが体験するネガティブな現象にも、同じことが言えます。たとえば、

「死ぬのが恐い」

「大型地震が来たらどうしよう」

といったようなことで、頭を悩ます人が少なくありません。

これらはいずれも、悩んでも解決しない問題です。

頭をめぐらして考えても、まったく解決の糸口が見いだせない、すなわち考えるだけ時間のムダとしか言いようのないことです。

むしろ、思い悩めば悩むほど、心がマイナスの状態になり、人生全般に悪影響をきたすようになります。

この呪縛《じゅばく》から逃れるためには、「悩むだけバカらしい」と自分に言い聞かせるといいでしょう。

たとえば、人間はいつ、どこで、何歳で死ぬかわかりません。

三〇歳で死ぬ人もいれば、六〇歳で死ぬ人もいるでしょう。一〇〇歳以上、生きる人もいます。また、病気で亡くなる人もいれば、事故で亡くなる人もいます。

にもかかわらず、「自分は何歳でどんな死に方をするのだろう」と考え悩むのは、愚かとしか言いようがありません。

理屈はそれとまったく同じです。

人生にとって、いちばんマイナスなのは、無意味な恐怖心です。

それは自分の人生をつまらなくしてしまうだけで、何の得もないのです。

素直に謝る人は許される◉マリアの子供

貧しい木こりの夫婦には、三歳になる女の子がいました。あまりに貧しくて、とうとう女の子に食べさせる物がなくなり、木こりは困ってしまいました。

そこへ聖母マリアが現れて、女の子は天国で育てられることになりました。天国では、美味しい食事が食べられ、素敵な洋服が着られるので、女の子は何不自由なく暮らすことができました。

女の子が一四歳になったある日のこと、聖母マリアは言いました。

「私は旅に出かけるので、あなたに天国の扉《とびら》のカギを預けます。一番から一二番の扉は開けてもいいけれど、一三番目の扉だけはけっして開けてはなりません」

こう言われた女の子は、「一三番目の扉はぜったいに開けません」と約束しました。

聖母マリアが出かけると、女の子は一番から一二番の扉を開けてみました。しかし、そのうち一三番目の扉も開けたくてたまらなくなり、とうとう我慢できず開けてしまったのです。

やがて、聖母マリアが旅から帰ってきて、女の子に「一三番目の扉は開けていませんね？」と尋ねました。

「はい」と女の子は返答しましたが、嘘《うそ》をついていることを見破った聖母マリアは、女の子の口がきけないようにして、荒野に追放してしまったのです。

荒野で苦しい生活を送っていた女の子でしたが、鹿狩りに来た王様に見そめられ、お妃《きさき》になって、お城で暮らすことになりました。

そして一年が過ぎ、お妃は男の子を産むと、聖母マリアが現れ、こう言いました。

「一三番目の扉を開けたと正直に告白すれば、口がきけるようにしてあげましょう。しかし、認めないならば赤ん坊は連れていきます」

それでも、お妃は認めなかったので、赤ん坊は連れ去られました。

それから一年後、お妃は二人目の男の子を産み、さらにその一年後には女の子を産みました。そのたびに聖母マリアが現れて、お妃に一三番目の扉のことを問いただしましたが、お妃が頑《がん》として認めないので、赤ん坊は連れ去られ続けたのです。

そのため「お妃は、赤ん坊を食べてしまっている。お妃は悪い女だ」という噂《うわさ》が国中に広がりました。

お妃は言葉がしゃべれないため、弁解ができません。とうとう王様もかばいきれなくなり、お妃は火あぶりの刑に処せられることになりました。

燃え盛る炎の熱さで、お妃の強情な気持ちがとけていったそのときです。

「一三番目の扉を開けたのは私です。申し訳ございませんでした」

お妃はついに、一三番目の扉を開けたことを心の中で白状したのです。

すると、空から雨が降り注がれて、たちまち炎は消えてしまいました。

そこへ、聖母マリアが現れて「罪を悔いて懺悔《ざんげ》する者は誰でも許されるのです」と言って、お妃が言葉を話せるようにし、三人の子供を返したのです。

やがてお妃の罪は晴れて、処刑をまぬがれることができ、王様と子供たちと仲良く幸せに暮らせるようになったのです。

一三番目の扉を開けたにもかかわらず、嘘をついて、それを認めようとはしなかった女の子（お妃）はそのせいで口がきけなくなったり、子供たちを奪われてしまったり、挙げ句の果てには火あぶりの刑に処せられて死ぬところでした。

最初から「すみません。一三番目の扉を開けてしまいました」と自分の非を認め謝罪をしていれば、こんな大変な思いをしないで済んだでしょう。

要するに、この話は、聖母マリアの「罪を悔いて懺悔《ざんげ》する者は誰でも許されるのです」という言葉にもあるように、「過《あやま》ちを犯したときは、素直に自分の非を認めれば大事には至らない」ということを教えているのです。

ある病院でボヤ騒ぎがありました。

幸いなことにすぐ消火されましたが、警察が夜勤の三人の看護師に、どうしてボヤが起きたのか確認すると、Ａさんという看護師はこう答えました。

「重症の患者さんの世話で手一杯でしたから、ボヤの原因はよくわかりません」

警察の同じ質問に対し、Bさんという看護師はこう答えました。

「カルテの整理に追われていたため、ボヤの原因はよくわかりません」

そして、Cさんだけは言い訳をしないで次のように答えたのです。

「私の注意が足りませんでした。ボヤが起きたのは私の責任でもあります。申し訳ありませんでした」

それから一〇年後、AさんとBさんは退職しましたが、Cさんはその病院の看護師長になり、今なお第一線で活躍しています。

言い逃れをすることなく、キチンと謝罪した姿勢と、一〇年後の看護師長という立場は、どちらも直接的なつながりはありませんが、遠因になっているのは確かだと言っていいでしょう。

いずれにしても、この話に登場する女の子（お妃）のような苦しみを避けるためには、「ごめんなさい」を素直に言える人間になることだと思います。

いかなる理由があるにせよ、約束を果たせなかったり、失敗したりしたときは、弁解するのではなく、素直に反省し、謝罪の意を表すようにするのです。

謝罪とは誠意の表れでもあり、それが信頼されることの大きな要素となるからです。

逆に、言い訳は絶対につつしんだほうがいいでしょう。

言い訳というのは、約束が果たせなかった理由、失敗した理由、できなかった理由の羅列にすぎず、相手に不快感しか与えないからです。

ある雑誌の編集長が言っていたことですが、締め切りを守らないデザイナーやライターは、以下の三つの口上のうちのいずれかを必ず口にするといいます。

ほかの仕事に手間取ってしまって……。

パソコンの調子がどうも悪くて……。

風邪をひいて、体調を崩してしまって……。

いずれにしても言い訳はつつしみ、代わりに「申し訳ありません。今後、気をつけます」とだけ言えば、誠実さが伝わります。

そうすれば、このストーリーのように、相手もきっと許してくれるに違いありません。神様は正直で誠実な人に苦難を与えたりはしないのです。

耳に痛い忠告も素直に聞く◉トゥルーデおばさん

両親の言うことをまったく聞かない、わがままで詮索《せんさく》好きの娘がいました。ある日、娘は両親に言いました。

「私、トゥルーデおばさんのところへ行ってみたくなったわ。変わった人で、家の中には変なモノがたくさんあるっていう噂を聞いたから、とっても興味がわいてきたの」

それを聞いた両親は、娘を心配してこう言いました。

「トゥルーデおばさんは、とっても悪い人なんだよ。行けば、きっとひどいことをされるに決まっている。だから行くのはやめなさい。もし、おまえがどうしても行くなら、もうウチの子じゃないよ」

しかし、娘は両親の言葉に耳をかさずに、トゥルーデおばさんのところへ出かけて行ってしまったのです。

家を訪れた娘に、トゥルーデおばさんが尋ねました。

「おまえは、どうしてそんなに青い顔をしているんだい？」

娘は、体じゅうブルブル震わせながら返答しました。

「おばさんの家の階段で、真っ黒な人を見たのよ」

すると、トゥルーデおばさんはこう答えました。

「それは炭を焼く男だよ」

娘はさらに「あと、真っ青な男も見たわ」と言うと、トゥルーデおばさんは「それは狩人だよ」と答えました。

さらに娘が「そのあとに血のように真っ赤な男に会ったの」と言うと、トゥルーデおばさんは、平然と「それは獣《けもの》を殺す男だよ」と答えました。

最後に娘はものすごくおびえながら、こう尋ねました。

「それから一番怖かったのは、家の窓から見えたんだけど、頭が燃えている悪魔みたいな人がいたの。たしか、その場所にはトゥルーデおばさんがいたはずだったと思うけど、どうしてかしら？」

すると、トゥルーデおばさんは、ニヤッと不気味に笑いながら、

「それが本物の魔女っていうものなんだよ。そう、私は魔女だ」

と答えたのです。そして、

「実は、おまえから光をもらおうと、私はずっとおまえが来るのを待っていたんだ。これで私の願いはかなう」

こう言うやいなや、トゥルーデおばさんは娘をあっというまに木に変えてしまいました。そして、その木を暖炉の中に投げ込むと、パーッと火が燃え上がりました。

それを見たトゥルーデおばさんは、ニヤリと笑いながら、「しばらくぶりの明るい光だ」と言って、そばに座って温まったのです。

娘が両親の「トゥルーデおばさんは、とっても悪い人なんだよ。行けば、きっとひどいことをされるに決まっている。だから行くのはやめなさい」という忠告に素直に従っていれば、トゥルーデおばさんに木に変えられることもなかったでしょう。

娘はトゥルーデおばさんに木に変えられる瞬間、「ああ、お父さんとお母さんの言うことを聞けばよかった」と後悔の念にかられたに違いありません。

つまり、この話は「人の忠告を無視すると不幸が始まる」ということを教訓として表しているのです。

逆にいえば、人の忠告に素直に耳を傾ければ、リスク回避にもなるし、取り返しのつかない失敗を犯さないですむのです。

たとえば、明治維新の功労者・西郷隆盛《さいごうたかもり》です。

西郷隆盛は幕末、同盟を結んだ桂《かつら》小五郎《こごろう》（のちの木戸《きど》孝允《たかよし》）から「あなたは、倒幕を企《くわだ》てる危険人物として幕府側の人間から暗殺される危険がある。京都にはあまりいないほうがいい」と忠告を受けて以来、京都に滞在することはほとんどありませんでした。

実は、同じ危険人物として桂小五郎も京都で暗殺されそうになり、ギリギリのところで難を逃れたことを聞かされていたからです。

逆に残念なのは坂本竜馬です。同じような忠告を桂小五郎から受けたにもかかわらず、竜馬は京都に頻繁に滞在しました。

その結果、竜馬は暗殺されてしまいました。

したがって、親しい人や信頼のおける人からの忠告はけっして無視はしないで、耳を傾けるようにしたほうがいいでしょう。

とくに、これから起業する、転職する、結婚する……など大切なときの忠告は、少しばかり耳が痛くなるようなことでも、ありがたく拝聴すべきです。

そういう人は、真剣にあなたのことを思ってくれています。

人の心の痛みというものがわかっています。

その人の立場でものを考えようとします。

つまり、耳が痛くなるような忠告は、その人が憎いからではないのです。

この話に登場する娘の両親と同じで、それだけその人のことを思っている証拠、気にかけてくれている証拠、心配している証拠なのです。


ただし、自分に確固たる信念がある場合は、自分の意志を貫くことも大切です。

忠告する人がその内容をあまり知らないとき、たとえば、自分がやってみたい仕事があり、その仕事について何も知らない人が忠告した場合がそうです。

たとえば、実家の家業を継いでもらいたいと親が思っている場合です。

息子が「どうしても自分のやりたい仕事がある」と、信念を持っていれば、親の意見は参考程度にとどめたほうがいいでしょう。

しかし、自分がやってみたい仕事があっても、自信がないときや、先行きが不透明なときなどは、この話に登場する娘の両親が、

「トゥルーデおばさんは、とっても悪い人なんだよ。だから行くのはやめなさい」

と忠告したことを思い出し、親の言うことを素直に受け止めたほうが無難です。

小さなことをおろそかにすると後悔が残る◉釘

ある商人が市場で商売をして、品物をみごとに売り切りました。

商人は夜にならないうちに家に帰ろうと、お金の入ったカバンを馬にくくりつけ、急いで市場を出発したのです。

途中、お昼に休憩しましたが、出かけようとするときに、そこの馬番にこう言われました。

「だんな、馬の後ろ足の蹄鉄《ていてつ》（馬の蹄《ひづめ》を守る金具）の釘《くぎ》が一本抜けていますよ」

ところが、商人は「急いでいるから、そのままでいい。あと六時間ほどで家に着くだろうから、そのくらいでは蹄鉄は取れないだろう。急ぐからね」と返答し、先を急ぎました。

しばらく進んで、また休憩して馬にエサを与えていると、そこの馬番にこう言われました。

「だんな、馬の後ろ足の蹄鉄がありませんよ。鍛《か》冶《じ》屋に連れて行きましょうか？」

しかし、商人は「なくてもいい。急いでいるんだ、放っておいてくれ。あと一〜二時間ぐらいで家に着くだろうから、それまで馬はもつだろう」と答え、そのまま出発してしまいました。

しかし、しばらく進むと馬が片足を引きずり始めました。そして、よろめいて倒れたため足が折れてしまい、とうとう馬は歩くことができなくなりました。

仕方がないので、商人は馬の背中にくくりつけてあったカバンを自分でかつぎ、歩いて家まで帰りました。

夜遅くなって、ようやく家にたどり着いた商人は、ブツブツとこんな文句を口にしました。

「あー、疲れた。夜になる前に家に帰れるだろうと思ったら、こんなに遅くなってしまった。足も棒のようになって痛くてかなわない。元はといえば、あのいまいましい釘のせいだ！」

一本の釘が抜け落ちていたせいで、蹄鉄が取れてしまい、そのせいで馬は足を引きずるようになり、挙げ句の果てには足の骨が折れてしまい、商人はカバンを自分でかついで家に帰るハメになってしまいました。

要するに、この話は「小さなことをおろそかにすると、大きな禍《わざわい》につながる。後悔することになる」ということを教えているのです。

そのいい例が食生活です。

毎日のように塩分が多い物を食べ続ければ、高血圧や脳卒中を誘発しやすくなります。

フライドチキンのような揚げ物を毎日大量に食べ続ければ、メタボリック症候群の要因になりかねません。

お酒も同じで、毎日浴びるように飲んでいたら、肝臓にダメージを与えるため、肝硬変《かんこうへん》になるリスクが増大します。

「後悔先に立たず」とはよく言ったもので、そうなってからでは遅いのです。

小さなことをおろそかにして大きな禍につながる例といえば、外出するとき、持ち物をキチンと確認しない人もそうです。

「カサを忘れた」「ボールペンを忘れた」「スマホを忘れた」というくらいなら、大事には至らないかもしれません。しかし、海外旅行に行くとき、パスポートを忘れたらどうなるでしょうか。出国できなくなります。

現に、それが原因で、楽しみにしていたヨーロッパ旅行に行けなくなってしまった人を知っています。

こうなると、もう完全に悲劇です。

そうならないためには、小さなことでもおろそかにしない習慣を日頃からつけておくことが大切です。

・塩分が多い物や揚げ物は、週に一、二回だけ食べると決め、それを守る。

・外出するときは、持っていく物を紙に書き出すなどして、一つ一つ確認する。
そういうクセをつけておけば、この話に登場する商人のように、後になって大変な思いをすることもないでしょう。

第5章 好運は実力のうち

善い行いをすれば良い報いがある◉おじいさんと孫

ひどく歳を取ったおじいさんがいました。

目はかすみ、耳は遠くなり、膝《ひざ》はガクガクしているため、食事のときにスプーンをきちんと握ることができません。

そのため、スープをテーブルクロスにこぼしたり、口から垂らしたりして、いつも食卓を汚してしまうようになったのです。

一緒に暮らしていたおじいさんの息子とその妻はうんざりして、おじいさんをストーブの後ろのすみに座らせることにしました。

そして、おじいさんには粗末な器で食事を与えるようにしたのです。

食べ物も少ししかよそってもらえなかったので、おじいさんは目に涙をいっぱいためて、いつも食卓のほうをじっと見ていました。

そんなある日、おじいさんは手が震えて、器を落として割ってしまいました。息子の妻がおじいさんを叱《しか》りつけると、おじいさんは何も言わずため息をつきました。

仕方なく息子が、小さな木の器を買ってきて与え、おじいさんはその器で食べるようになったのです。

それから数日後、四歳の孫（息子の子）が木を集め始めました。

「おまえ、その木で何をするんだい？」

こう息子が尋ねると、子供は次のように答えました。

「ボク、小さな木の器を作っているんだよ。ボクが大きくなったら、お父さんとお母さんにはそれを使って食べてもらうからね」

子供の言葉を聞いた息子とその妻は、顔を見合わせて泣き始めました。

それ以来、二人はおじいさんを食卓に連れてきて、一緒に食事をするようになりました。そして、おじいさんが食べ物をこぼしても、もう何も言わなくなったのです。

年老いた父親にした仕打ちを、自分の息子が自分にやろうとしている——。この話は「因果《いんが》はめぐる」ことを教えているといっていいでしょう。

「因果はめぐる」とは、言い換えると因果応報の法則のことです。

因果応報の法則とは、善因は善果《ぜんか》を生み、悪因は悪果《あっか》を生むことをいい、わかりやすくいうと、善いことをすれば良い結果が生じ、悪いことをすれば悪い結果が生じることをいいます。

この法則は仏教の『過《か》去《こ》現《げん》在《ざい》因《いん》果《が》経《きょう》』という経典の中でも、

「私たちの現在はすべて、私たちがこれまで考えてきたことの結果である。これからも私たちは自分が考えたようになっていく」

と説かれています。

また、成功哲学の権威でもあるアメリカの宗教家・哲学者であるジョセフ・マーフィーも、次のように述べています。

「今のあなたは過去のあなたの想いによって決められ、未来のあなたは今のあなたの想いによって決められる」

では、この因果応報の法則をプラスに活用するためにはどうすればいいのでしょうか。

そのためには、日頃の想いの中に「愛他心」を取り入れることが大切です。「愛他心」とは、他人に愛・善意・喜び・幸福感を与える思想をいいます。

言い換えると、どうすれば人のために喜びを与えることができるだろうか、貢献できるだろうか、奉仕できるだろうかといったことを考え、それを行動に移すようにするのです。

これを私は「愛他心」と呼んでいますが、運の良い人の多くは、みな愛他心を備えているものです。

したがって、この話に登場する息子と妻を反面教師に、また息子の父親（おじいさん）を「世の中のすべての人」という言葉に置き換え、愛・善意・喜び・幸福感を与えるように努めることが大切です。

そうすれば、運命はガラリと好転するでしょう。

人に親切にすると、良いことが返ってくる◉ハチの女王

ある国の三人の王子が旅に出ました。

途中で、塔《とう》のように高いアリの巣を見つけました。上の二人の王子は、その巣を壊そうとしましたが、三番目の王子は「そっとしておいてあげましょうよ」と言って、二人の王子を止めました。

しばらく行くと湖があり、カモが水面を泳いでいました。

それを見た上の二人の王子は「捕まえて焼いて食べてしまおう」と言いましたが、三番目の王子はこのときも「そっとしておいてあげましょうよ」と止めました。

さらに行くと、三人の王子はミツバチの巣を見つけました。

上の二人の王子が、「巣を壊して中にため込んである蜂蜜《はちみつ》をとろう」と言いましたが、またしても三番目の王子が「そっとしておいてあげましょうよ」と言って、二人を止めました。

やがて、三人は立派なお城にたどり着きました。

中に入ると、その城の住人は、みんな石に変えられていました。そしてずっと奥の部屋には、白髪の小人がいて、石のテーブルを指し示しています。

そこには「三つの課題を解いてみよ。もし解ければ、この城にかけられた魔法は解ける」といったことが書かれてありました。

一つ目の課題は、森の苔《こけ》の下に隠された千粒の真珠《しんじゅ》を、日没までに一粒残らず探し出すことでした。上の二人の王子は、「よし、オレたちがやってみせる」と張り切って出かけたものの、真珠を全部探すことができません。そのため、二人とも石にされてしまいました。

そこで、三番目の王子が森に出かけて行くと、以前、助けてあげたアリが現れて、千粒の真珠を拾い集めてくれました。おかげで一つ目の課題がクリアできたのです。

二つ目の課題は、女王の寝室のカギを湖の中から拾ってくることでした。そこで三番目の王子が湖に行くと、前に助けたカモたちがやってきて、湖の中からカギを探し出してくれました。これで二つ目の課題も解決できたのです。

三つ目の課題は、眠っている三人の王女の中から一番年下の王女を探すというものでした。

これも大変難しい課題です。なにしろ、三人の王女は顔も姿もそっくりだったからです。ただ、一つだけ違っている点があり、それは、寝る前に

一番上の王女は砂糖をひとかけら食べており、二番目の王女はシロップを、三番目の王女は蜂蜜をひとさじ口にしていることでした。

三番目の王子が困っていると、前に助けたミツバチの女王が飛んできて、蜂蜜を食べた王女の口に止まりました。巣を壊さなかったお礼に、一番年下の王女を教えてくれたのです。

こうして三番目の王子は、三つの課題をすべて解決できました。するとたちまち、お城の魔法が解けて、石にされていた人たちは元の姿に戻りました。

三番目の王子は、みんなからたいそう感謝され、その後、三番目の王女と結婚して、お城の王様になることができたのです。

上の二人の王子が「アリの巣を壊そう」「カモを捕まえて焼いて食べてしまおう」「ミツバチの巣を壊して蜂蜜をとろう」と言ったとき、三番目の王子がそれに賛同していたら、どうなっていたでしょう？

アリのおかげで千粒の真珠を探し出すこともなければ、カモが湖の中から女王の寝室のカギを探してきてくれることもなければ、ミツバチの女王が蜂蜜を食べた王女の口に止まることもなかったでしょう。

要するに、この話は、愛と善意と慈悲《じひ》の精神をもって他人に親切にすれば、今度はその相手から恩恵を授かることができると説いているのです。

「人に親切にすれば、人から親切にされる」「人を助ければ、人から助けられる」というのが、宇宙の法則なのです。

ただ、親切といっても千差万別で、その内容は多岐にわたっています。そこで、何から始めていいのかわからないという人は、次のようなことを実践されることをお勧めします。

■困っている人がいたら、助ける

電車やバスの中でお年寄りに席を譲る。道に迷っている人がいたら、目的地に行く方法を教えてあげる。忙しそうにしている職場の仲間がいたら、仕事を手伝ってあげる。肩こりや腰痛で悩んでいる人がいたら、腕利きの施術師を紹介してあげる……といった行為をできる範囲で行うことも立派な親切です。

■頼みごとに応じる

「パーティーの受け付けをしてくれませんか?」「結婚式でスピーチをしてくれませんか?」

「引っ越しの手伝いをしてくれない？」等々、頼み事をされたら、快く応じてあげることも、相手の要望に応えることになるため、立派な親切です。

■相談に乗る

「スランプに陥り、営業成績が伸びない」「上司との関係がギクシャクしている」というような問題を相手が抱えているとき、親身になって相談に乗ることも親切といっていいでしょう。

以上、他人に親切にするための方法を三つ紹介しましたが、気をつけてほしいのは、無理をしないということです。

たとえば、自分が仕事で忙しいのに、無理をして職場の仲間のフォローをすると、ストレスがたまるなどして、心がマイナスに傾いてしまうからです。

また、一回こっきりで終わりにしないで、毎日、コンスタントに続けることも大切です。

気づいたこと、できそうなことを、不特定多数の人に対して毎日続けていけば、相手から感謝されるため、それが張り合いになります。楽しみになります。

それこそ、心の中に愛と善意と慈悲の精神が養われた証拠です。

そうなれば、いつか必ず、自分を取り巻く状況に変化が生じたり、思いがけないところから思いがけないチャンスが舞い込むなどして、たくさんの幸運が降り注ぐようになるでしょう。

分福の心でいると福が増幅する◉黄金のガチョウ

あるところに三人の兄弟がおりました。上の二人は利口で、一番下の弟は頭が弱いと言われ、家族からバカにされていました。

ある日、長男が森へ木を切りに行くことになり、母親は甘いパンケーキとぶどう酒を持たせました。

長男は森で、年老いた小人と出会い、小人から「お腹がすいて動けません。一口でいいのでパンケーキとぶどう酒をください」と頼まれましたが、何もあげませんでした。

すると、その後、木を切っているときに、大ケガをしてしまいました。

今度は次男が、森へ木を切りに行くことになります。母親は甘いパンケーキとぶどう酒を持たせました。

やはり森で小人が食べ物を欲しがりましたが、次男が何もあげないでいると、長男と同じように、やはり木を切っている最中に大ケガをしてしまったのです。

そのため、三男が森へ木を切りに行くことになりました。

母親は灰で焼いたパンケーキと酸っぱいビールしか持たせませんでしたが、森に着くと、またも小人がやってきて食べ物を欲しがりました。

そこで三男が「粉と水を混ぜて灰で焼いたパンケーキと酸っぱいビールでよければ、一緒に食べよう」と言うと、カゴの中は美味しそうなパンケーキと上等なぶどう酒に変わっていたのです。

二人が食べ終わると、小人が「おまえは親切だから良い物をあげよう。そこにある木を切ってごらん」と言ってきたので、そのとおりにすると、木の中から黄金のガチョウが出てきました。

三男は黄金のガチョウを売ろうとして町に向かい、途中の宿屋で一泊しました。その宿屋には三人の娘がいましたが、黄金のガチョウに目を付け、こっそり黄金の羽を盗《と》ろうとします。すると、三人の手が離れなくなって一列にくっついてしまいました。

翌朝、三男が娘たちをガチョウから引き離そうとしましたが、離れません。三男はガチョウにくっついた娘たちを引き連れたまま、町に出かけました。

道を歩いていると、通りかかった人たちが娘を助けようと近づいてきましたが、みんな手がくっついてしまい、三男は長い行列を引き連れて町を歩くことになったのです。

ところで、その町の城には、生まれてから一度も笑ったことがないお姫様がおりました。王様はたいそう心配して、「姫を笑わせた者を姫と結婚させる」というおふれを出し、たくさんの者が姫を笑わせようと試みましたが、姫はまったく笑いません。

ところが、行列を引き連れた三男を窓から見た姫は、心の底からケラケラと笑ったのです。

姫が笑って王様はホッとしましたが、急に姫を結婚させるのが惜しくなります。そこで、三男に「城にあるぶどう酒を全部飲み干すこと」「城にあるパンを全部食べること」「海も陸も走れる船を持ってくること」という三つの難題を課しました。

困った三男が小人を頼って森に行くと、小人はものすごく喉《のど》が渇《かわ》いた男と、ものすごく腹をすかせた男を、三男に紹介してくれました。この男たちが、城にあるぶどう酒を全部飲み干し、パンを全部食べてくれたのです。

さらに、小人は水陸両用の船もくれたので、すべての難題を解決できました。その結果、三男は姫と結婚することになり、王位を継承することができたのです。

小人が「一口でいいのでパンケーキとぶどう酒をください」と言ってきたとき、長男と次男は断り、何もあげませんでした。

これに対し、三男は「一緒に食べよう」と言って、小人にも分けてあげました。そのおかげで黄金のガチョウを手にしたり、王様から課せられた三つの難題も解決できたりし、ついには姫と結婚することができました。

その観点から考察すると、この話は「福をおすそ分けしようとする分福の心でいると、福が増える」ことを教訓として表しているといってもいいでしょう。

分福を地で行った人といえば、昭和の名優、故・石原裕次郎さんです。

裕次郎さんは、後輩の若手俳優やスタッフたちによくお小遣いをあげていたといいますし、外食をするときも「一緒にメシでも食わないか?」と、頻繁に彼らを誘ったといわれています。

ハワイに遊びに行ったときなども「旅費は自分が出すから、キミもハワイに来なさい」と誘ったり、美味しい食べ物が手に入ると、スタッフを呼んでホームパーティーを開いたりもしたといいます。

そのため、俳優として大成しただけでなく、大勢の人からも慕われたといいます。

もっとも、こう言うと、自分には与える物などないという人がいるかもしれません。

しかし、この話に登場する三男や石原裕次郎さんのように、物を分け与えることだけが分福ではありません。

日頃、体験する楽しいことや嬉しいことを、感動したことなどを、他人に分かち与えることも立派な分福です。

その一つが、グッドニュースを提供することです。といっても、けっして難しいことではありません。

独り占めの発想から抜け出して、相手の気分が良くなる明るい情報を提供すればいいのです。たとえば、次のようにです。

「例のプロジェクトが好調で、大型のボーナスが出るらしいよ」

「会社のそばにオープンしたイタリアンのお店のパスタはものすごく美味しいし、値段も安いですよ」


こう言えば、明るい話題で盛り上がる可能性があります。その場の雰囲気が和やかになります。つまり、相手をハッピーな気持ちにするため、分福を行ったことになるのです。また、楽しくなる場所に誘って、楽しい時間を共有することも、分福につながります。

美味しいと評判のレストランで一緒に食事をするのもいいでしょう。

家に招待して、パーティーを開くのもいいでしょう。

温泉地に誘って、一緒にのんびりとくつろぐのもいいでしょう。


このような分福を心がけていけば、徳がたまっていくようになります。すると、今度は自分が他人から福を分けてもらうことができるようになるのです。

幸運は不運の後にやってくる◉シンデレラ

あるところに、善良で信心深い娘がいました。しかし母親が早く亡くなったため、父親は新しい妻を迎えました。

継母《ままはは》には連れ子の娘が二人いましたが、三人ともたいそう意地悪で、娘をシンデレラ（灰かぶりの意味）と呼び、女中のようにこき使いイジメてばかりいました。

そんなあるとき、お城で三日間のパーティーが催されることとなりました。パーティーは王子様の花嫁を選ぶためのもので、国中から若い娘が招待されるのです。

それを知った二人の義理の姉は、ウキウキしてお出かけのしたくをシンデレラに手伝わせました。

シンデレラもパーティーに行きたかったのですが、「こんな汚い娘はお城に入れてもらえないよ。それに着ていくドレスや靴もないだろう」と継母に言われてしまいます。

パーティーの当日、継母と二人の姉はおしゃれをして、城に出かけて行きました。

一人になったシンデレラは実の母親の墓に行き、「パーティーに必要なドレスや靴を出してちょうだい！」とお祈りします。すると、魔法使いが美しいドレスと靴と馬車を用意してくれました。

そのとき、魔法使いはシンデレラに「必ず夜の一二時になったら帰るように。一二時を過ぎたら、美しいドレスも靴も馬車もすべてなくなってしまうよ」と忠告しました。

さて、パーティーに出かけたシンデレラは、王子様に見そめられ、一緒にダンスを踊りました。継母と二人の姉は、王子様の相手があまりにも美しかったので、シンデレラだとは気づきません。

楽しい時間はあっという間に過ぎました。一二時に近づいたころ、王子様が「自宅まで送りましょう」と申し出ましたが、シンデレラは断って素早くその場を立ち去ろうとします。

大急ぎで階段を駆け下りるシンデレラですが、途中で片方の靴が脱げてしまいました。数日後、シンデレラのことを忘れられなかった王子様は、この靴にピッタリ合う足の娘を探すよう家来に命じたのです。

ほどなくして、シンデレラの家にも捜索《そうさく》の使者がやってきました。

まず長女が履いてみましたが、親指が邪魔して

入りません。次に次女が靴を履いてみることになりましたが、今度はかかとが入りませんでした。

すると、残っているのはシンデレラしかいません。

「この子は汚い女中のような娘ですから、王子様の探しているお相手などではありません」と継母や二人の姉はこう言い張りましたが、使者が差し出した靴をシンデレラが履くと、ピッタリと合うではありませんか。

その結果、シンデレラはめでたく王子様と結婚することになったのです。

数あるグリム童話の中で「白雪姫」と並んで、一、二を争うほど有名なので、多くの人が読んだことがあるでしょう。

そのシンデレラ姫ですが、別名「灰かぶり姫」とも呼ばれていました。継母や義姉たちに女中のようにこき使われ、いつも薪《まき》のある厨房《ちゆうぼう》（台所）で働かされて、灰まみれになっていたことから、そう呼ばれるようになったのです。

しかし、最終的には王子様と結ばれ、ハッピーエンドを迎えることができました。

その観点から考察すると「不運はいつまでも続かない」「不運の後には幸運がやってくる」

ことを教えているのではないでしょうか。

言うまでもないことですが、私たち人間は自然のサイクルの中で生きています。

太陽が東から昇れば、朝を迎えます。太陽が南にあるときは、お昼時です。そして、太陽が西に沈むと、夜を迎えます。毎日がこの繰り返しで、冬至《とうじ》のように夜がもっとも長い時期であっても、朝は必ずやってきます。

季節も同じです。

どんなに寒い冬が続いても、必ず春を迎え、暖かくなります。夏になれば暑くなり、やがて秋がくれば涼しくなり、再び寒い冬を迎えます。毎年、この繰り返しで、猛暑日や極寒日が永久に続くことはありません。

天気もまったく同じことがいえます。

カンカン照りの晴天の日もあれば、くもりの日や雨が降る日や雪が降る日もあります。大雨や大雪が降り続いても、いつかは必ずやみます。

カンカン照りの晴天の日が永久に続くことも、まずありえません。生物が育つ環境では、いつか必ず雨が降ります。

人生はどうでしょうか。

喜怒哀楽の「怒哀」が永久に続くことはありえません「怒哀」の後には必ず「喜楽」がやってきます。これは自然界の摂理同様、人間の摂理といっていいでしょう。

したがって、物事が自分の思いどおりに進まなかったり、不幸続きの人生に疲れ果てたりしたときは、この話にあるように「いつか、必ず幸運を運んでくる魔法使いがやってくる」と、自分に言い聞かせてほしいのです。

シンデレラの場合、魔法使いが運んできてくれたのは美しいドレスと靴と馬車でしたが、人によってそれはまちまちです。

ある人にとっては、願ってもない耳よりな情報かもしれません。

人生の成功を導いてくれるメンターとの出会いかもしれません。

お金に困っていたら、意外なところからの臨時収入かもしれません。

そのことを期待し、どんなにつらいことがあっても、明るく前向きに生きることが大切です。

幸運は不運の後にやってくるのです。

「小さな気づき」は大きなメッセージ

◉死神のお使いたち

ある日、若い男が道を歩いていると、誰かが倒れていました。男はかわいそうに思い、介抱してあげると、その人は男にこう言いました。

「おかげで助かったよ。実はワシは死神なんだ。助けてくれたお礼をさせておくれ」

そこで男が「オレのところには、ずっと来ないでくれよ」と言うと、死神はこう答えました。

「そういうわけにはいかないんだ。どんな人間のところにも、お迎えに行かないといけないことになってるんでね」

しばらく考えた男は、「じゃあ、オレのところへ迎えに来る前に、あらかじめ教えてくれるかい？」と言うと、死神は承諾し、「わかった。ワシが行く前に必ず使いをやって知らせよう」と言ってどこかに消えてしまいました。

この日を境に、男はだらしない生活を送るようになりました。死ぬ前に、死神が使いをよこして知らせてくれるので、それまでは死なないだろうと思ったからです。

たらふく酒を飲み、好きなものばかりを食べ、風呂に入らず、歯も磨かず、夜更かしをして、面倒くさいことはいっさいやらないで、ぐうたらと過ごしていました。

しばらくすると、男は病気になってしまいました。熱やせきが出たり、目まいや耳鳴りがしたり、腹痛や頭痛で悩まされるようになったのです。

しかし、「まだ死神の使いが来ないから大丈夫だ。今までどおり、好き勝手にやって楽しもう」と考え、生活習慣を改めることはありませんでした。

ところが、ある日のことです。後ろから肩を叩かれ、振り向くと死神が立っているではありませんか。

「久しぶりだね。お迎えに来たよ」

男はたいそう驚き、怒ってこう言いました。

「それはないよ。来る前には、使いをよこして教えてくれると言ったはずだ。いきなり来るなんて約束が違うじゃないか」

すると死神は、次のように言い返したのです。

「おまえさんには、何度も使いをやって知らせたじゃないか。熱が出て、せきも出たろう。目まいや耳鳴りもしただろう。腹痛や頭痛や、そのほかにもたくさんの知らせがあったはずだ。あれは全部ワシの使いなんだよ」

男はこれまでの生活を後悔しましたが、時すでに遅し。死神に連れられて行ってしまったのです。


この話はコミカルでユーモアにあふれていますが、熱やせきが出たり、目まいや耳鳴りがしたり、腹痛や頭痛で悩まされる……といった男の症状に注目しましょう。

これが死神の使い、すなわち「あなたの身体は悲鳴をあげていますよ。このままだと、もうすぐ死んでしまいますよ」という事前通告だとしたら、「小さな気づきを大事にするべきである」という解釈が成り立つと思うのです。


うつ病になってしまう人がまさにそうです。

うつ病は「心の風邪」ともいわれていますが、ある日突然、かかってしまう……というわけではありません。

「人と会うのがおっくうになった」

「仕事に集中できない」

「眠れない」

「物事への興味・関心が薄れた」

等々、その前兆らしき症状が必ず起きます。

心身がＳＯＳ信号を発しているのです。

それを放置してしまうから、うつ病が発症するのであって、前兆の段階で仕事をセーブしたり、休息する時間を多くもうけるなどすれば、うつ病の発症は防ぐことができます。

熟年離婚も同じです。

定年退職した後、妻から離婚を突きつけられ、ショックを受ける夫が少なくありません。

しかし、それは夫が長い間、妻のフラストレーションに気づかなかったり、気づいてもないがしろにしていたりしたことも、要因の一つなのです。

「子育てが大変なときに、仕事が忙しいからといって、私を助けてくれなかった」

「姑《しゅうとめ》にいじめられても、私の味方をしてくれることはなかった」

といったように、です。

そういうフラストレーションをその都度真摯《しんし》に受け止め、反省をしていたら、いつまでも夫婦円満でいられたはずです。

ある男性セールスマンＡさんの話です。

Ａさんは会議に遅刻したり、机の上をいつも書類の山で散らかしていたり、挨拶《あいさつ》をしなかったりしました。お客さんからのクレームもときどきありました。上司はそのたびに注意をしていたのですが、まったく直そうとしなかったので、ボーナスの査定も最低基準とし、人事評価も最低にしました。

Ａさんは「私はセールスの成績がトップなのに、なぜ評価が低いんだ！」と激怒して会社を辞めてしまいました。

上司はＡさんの態度にしばしば注意をして信号を出していたのですが、それを聞き入れなかったのです。彼が「上司からの注意」という信号に気づいて直していれば、高評価され出世もしていたでしょう。

したがって、身体の不調はもちろんのこと、些細《ささい》なことであっても、上司から注意をされたり、恋人や家族から小言を言われたりしたときは、そこから気づき、悔い改めることが大切です。

そうすれば、大きな禍《わざわい》をこうむることもなく、むしろ大きな福を招き寄せることができるようになるでしょう。

身だしなみを整えると運が良くなる◉物知り博士

クラブという名の貧しい農民の男がいました。彼は二頭の牛を使って荷車いっぱいの薪を町へ運び、博士に二ターレル（通貨）で売りました。

クラブの目には、博士がとても立派に見えたので、こんな質問をしたのです。

「自分のような学がないような者でも、あなたのように立派になれるでしょうか？」

すると、博士は三つのことを行うようにアドバイスをしました。

まず、表紙がニワトリの、ABCのつづり方の本を買うこと。次に、荷車と牛を売ったお金で上等な服を買うこと。最後に「私は物知り博士である」と書いた看板を、家の戸口に掲げることでした。

続けて、「あとは、何を聞かれても堂々として博士らしくしていればいい。そうすれば、すごい博士だと相手が勝手に勘違いしてくれるからね」とアドバイスしてくれたのです。クラブは言われたとおりに実行しました。

にわか博士になりすましてしばらく経ったころ、あるお金持ちがクラブのところにやってきて、こんな相談を持ちかけました。

「一緒に私の家へ来てもらえませんか。盗まれた金を取り戻してほしいのです」

クラブは承知して、妻を連れてお金持ちの家に行くと、まず食事が出されました。

お金持ちの家には四人の召使いがいて、一番目の召使いがご馳走の入った大皿を運んできます。クラブは「あれが一番目だよ」と妻に言いました。

「あれが一番目のご馳走だ」という意味だったのですが、召使いは「あれが一番目のドロボウだ」と言われたと勘違いしました。

実は、ドロボウはこの家の四人の召使いだったのですが、クラブがあまりにも堂々としていたので、すべて見抜かれたような気がしたのです。

そのことをほかの召使いに伝えましたが、みんなは信じてくれません。

そして、次の料理を二番目の召使いが持ってくると、クラブは意味ありげに「あれが二番目だ」と妻に言いました。それを聞いた二番目の召使いは、逃げるように部屋を出て、「本当だ。あの博士、オレたちの正体を知っているぞ」と仲間に言いました。

その次に料理を持ってきた三番目の召使いも、「あれが三番目だ」とクラブが言うので、慌てふためいて部屋を出ていってしまいました。

バレていると勘違いした四人の召使いたちは、四番目の召使いが料理を持ってきたときに目くばせをしてクラブを外へ呼び出し、こう頼みました。

「お金を盗んだのは自分たちです。盗んだお金は全部返して、あなたにも相応のお礼をしますから、どうか私たちのことは内緒にしてください。お願いです」

そして、ニワトリ小屋にお金を隠したことを白状したのです。

クラブはその条件をのみ、お金持ちに表紙がニワトリの本を見せながら、「私は最初からお金の隠し場所を知っていました。それはこの本に示されています」と言いました。

クラブの言うとおり、お金持ちがニワトリ小屋を調べてみると、そこには本当に、四人の召使い

たちが隠したお金がありました。

お金持ちは大喜びで、たくさんのお礼をしました。

また召使いたちからもお礼をもらったので、クラブは豊かな生活が送れるようになったのです。


博士のアドバイスにしたがって、貧しいクラブは荷車と牛を売ったお金で、上等な服を買いました。そして、「何を聞かれても堂々として博士らしくしていればいい。そうすれば、すごい博士だと相手が勝手に勘違いしてくれるからね」と博士から言われたとおりにしました。そのおかげで、お金持ちはクラブのことを「物知り博士」だと信じ込みました。

これらの点に着目すると「人は服装で判断されるところがある」と解釈することもできると思うのです。


これは一つに、人間の心理作用が関係しています。

私たちには他人の服装を見て、どんな人なのか、何をしている人なのかを判断するところがあり、それによって相手を敬《うやま》ったり、バカにしたり、敬遠するなどの感情が生じるからです。

たとえば、白衣を着た人を見れば医者だと思い、尊敬の念を抱く人もいるでしょう。ボロボロの汚い服を着ている人を見れば貧しい人だと思い、同情したり、逆に見下す人もいるでしょう。

ウエディングドレスを着ている女性を見れば、「自分もああいうドレスを着たい」と思い、結婚に思いをはせる女性もいるでしょう。

警察官の制服を着ている人を見れば警官だと思い、悪いことをしている人は敬遠するでしょう。


警官といえば、興味深いエピソードがあります。

昔、イギリスに治安の悪い町がありました。夜になると、麻薬の密売や暴行事件などが多発するのです。そこで、住民たちはどうしたかというと、警察官の制服にそっくりな服装で、夜の町を見回ることにしたのです。

すると、それだけで麻薬の密売や暴行事件などが大幅に減り、治安が良くなったというのです。これなどは、人は服装で判断する好例といっていいでしょう。

この心理作用を上手に活用した人が、アメリカの映画監督のスティーブン・スピルバーグです。

スピルバーグは少年時代から短編映画を作っていましたが、映画作りのノウハウをもっと吸収しようと、ロサンゼルスにあるユニバーサルスタジオに潜入することを考えました。

しかし、撮影所の入り口は警備が厳しく、関係者以外は立ち入り禁止です。そこで彼はどうしたかというと、この話に登場するクラブのように高価なビジネススーツを買い、それを着て、いかにも若手重役風の格好を装うことにしました。

そして、撮影所の入り口にいる守衛に「ごくろうさん」と言いながら軽く手を上げ、挨拶すると、そのまま撮影所の入り口を通過したのです。

つまり、スピルバーグは守衛に自分は関係者だと思わせることで、撮影所に入り、映画づくりのノウハウを吸収することに成功したのです。

結論を言えば、人は見かけで判断するところがあるので、それなりの格好をして身だしなみを整えることが大切です。

そうすれば、他人から信用されたり、好意を持たれるなどして、願ってもないチャンスをつかむことができるようになるでしょう。

第6章

穏やかな心で生きる

我欲を捨て、知足の心を持つ◉漁師とおかみ

海の近くのあばら屋（粗末な小屋）に漁師とおかみ（妻）が住んでいました。

ある日、漁師は海でヒラメを釣り上げましたが、ヒラメに命乞いをされたので逃がしてやりました。

漁師がおかみにその話をすると「『逃がしてやるかわりに、小さな家をくれ』と言えばよかったのに。こんな臭くて汚いあばら屋で暮らし続けるのはもう嫌だよ。すぐに行って話をつけてきなよ」とせっつかれ、漁師はしぶしぶ海に行きました。

そして、漁師はヒラメを呼んで「逃がしてあげたお礼に小さな家が欲しいんだけど」と頼みました。

家に帰ってみると、あばら屋は小さな家に変わっていたのです。

二人はその家で快適に暮らしましたが、しばらくすると、おかみは「お城のようなもっと立派なところに住みたいわ。ヒラメに交渉してきてよ」と言いました。

仕方ないので、漁師はヒラメに「お城に住めるようにしてもらえないかな」とお願い

しました。

家に戻ると、小さな家は立派なお城に変わっていて、豪華な家具や金銀の調度品で飾られたたくさんの部屋があり、ご馳走もたっぷりと用意されていました。

しかし、次の朝になると、おかみは「王様になりたい」と言い出したので、漁師はまたしてもヒラメに「今度は、おかみを王様にしてもらいたいのです」とお願いしました。

家に帰ると、お城はさらに立派になっていて、おかみは王冠をかぶり、多くの兵士たちを従えていました。

それでも、おかみは満足できず、今度は「皇帝になりたい」と言い出したので、漁師はヒラメにまたもや頼み込みました。

家に帰ると、お城はさらに大きく立派になっていて、家来もたくさんいましたが、皇帝になっていたおかみは、とうとう「法王になりたい」と言い出しました。

今度ばかりは「法王はキリスト教徒の中で、たった一人だけ、もっとも敬《うやま》われる人しかなれないから、おまえには無理だ」と漁師は反論します。しかし、おかみは聞き入れようとはしません。

おかみに逆《さか》らえない漁師は、ヒラメに「もしできれば、おかみを法王にしてもらいたいのです」とお願いして、家に帰ると、宮殿に囲まれた中に大きな教会があり、おかみは玉座に座って多くの人からあがめられていました。

ところが、おかみはまだ満足できず、とうとう「神様になって、太陽や月やこの世を支配したい」と言い出したのです。

「さすがのヒラメも、そんなことできるわけない。そんな畏《おそ》れ多いことを言わないでくれよ」と漁師はおかみを説き伏せようとしましたが、まったく聞く耳を持ちません。

そこで、しぶしぶ海へ行き、おかみの願いをヒラメに伝えたのです。

漁師が帰宅すると、お城は元の臭くて汚いあばら屋に戻っていて、以来、二人はそこにずっと住み続けなければなりませんでした。

汚いあばら屋から小さな家に移り住むことができても、おかみの欲望は「お城に住みたい」「王様になりたい」「皇帝になりたい」「法王になりたい」と、とどまることを知らずに、とうとう「神様になりたい」とまでにエスカレートしました。

もし、おかみが小さな家だけ、ぎりぎりでも法王の地位までで満足すれば、あばら屋に戻ることもなかったでしょう。

要するに、この話は我欲を持たず、「知足の心（足るを知る心）」で生きることの大切さを教訓として表しているのです。

実際、私たちの欲望はキリがありません。何か一つの欲望を満たすことができても、「もっと何かが欲しい」「ワンランク上の○○が欲しい」と、新たな欲を満たそうとします。

しかし、それではいつまで経っても、心が満たされることはありません。

これにストップをかけるためには、どこかで「これでよし」「これで十分」と考えることが大切で、これが知足の心で生きることにつながっていきます。

知足とは「吾唯知足《われただたるをしる》」という禅の言葉から来ていて、自らの分をわきまえて、分相応で満足すること、必要以上に欲しがらないことを意味します。

では、知足の心を養うためにはどうすればいいかというと、以下の四つのポイントを肝に銘じることです。

一．他人をうらやまない

隣の芝生は青く見えるとは、よく言ったものです。

「あの人は都心の一等地にある高級マンションに住めてうらやましい」と思っていたとしたら、相手も自分に対して「あの人は庭付きの家に住めていいなあ」といったように、別の何かをうらやましがっている可能性があります。

そうした人間心理のメカニズムを知れば、うらやましいという感情は激減していきます。

二．本当に必要なものなのか、人生にとって大事なものなのかを考える

電化製品一つとっても、次々と高性能を備えたものが登場しますが、実際に使いこなせる人はごくわずかで、多くの人は使いこなせないまま終わってしまいます。

そこで、新しい何かが欲しくなったら「それが本当に必要なものなのか」「人生にとって大事なものなのか」を考えてみることです。

三．情報をシャットアウトする

「○○にリゾートホテルがオープン」「高機能を備えたスマホが新発売」といった情報が

テレビのCMや新聞広告などにはつきものです。

こういった情報に振り回されると、「あそこに行きたい」「あれも欲しい」といった新たな欲望が生まれるので、できるだけそういったCMや新聞広告は気にしないようにすることです。

四．デメリットを考える

賃貸マンションといえども、高級住宅街や都心の一等地では家賃も高くなります。高級車や別荘を持てば、維持費や管理費もバカにはなりません。出世をすればするほど、責任が重くのしかかってきます。

このようなデメリットを考えることも、欲望のセーブにつながります。


以上の四点を守るように心がければ、余計なものを捨てて、本当に選ぶべきもの、大切にすべきものに意識が向かうようになります。

そうすれば、知足の心が養われ、我欲に惑わされることなく、日々穏やかに幸せに暮らせるに違いありません。

一歩先を見て行動する◉お百姓と悪魔

あるところに賢いお百姓がいました。

ある日、お百姓は自分の畑の真ん中に、ひとかたまりの石炭が燃えているのに気がつきました。驚いてそばに近づいてみると、その石炭の上には真っ黒い小さな悪魔が座っていました。

「そんなところに座って熱くないのかい？」と百姓が悪魔に問いかけると、悪魔は次のように答えたのです。

「この畑には宝物が埋まっているんだ。オレは、たくさんの金や銀の入った宝物の上に座っているのさ」

そこで、お百姓が「その宝はワシの土地の上にあるから、ワシの物ということになるね」と主張すると、悪魔はこんな条件を突き付けてきました。

「ああ、おまえにやってもいいよ。ただし二年間、この畑でできた作物を半分オレにくれるならね」

お百姓はこの条件を受け入れ、

「よし、わかったよ。でも、半分に分けるときに喧嘩《けんか》をしないように、土の上にできた物はアンタの物、土の下にできた物はワシの物ということにしようじゃないか」

と提案すると、悪魔は喜んで去っていきました。

どんな作物を作ろうか——。お百姓は知恵を働かせて、畑にカブの種をまきました。

いよいよ収穫の時期になり、できた作物をもらっていこうと、悪魔がやって来ました。

悪魔の取り分は土の上の物なので、カブの葉っぱだけです。

それも、刈り取ってしばらく経つので、しなびて黄色くなった葉っぱでした。

「ちくしょう！　オレの取り分は、こんな物しかないのか」

悪魔は機嫌を悪くし、お百姓に文句を言うと、こう反論されてしまったのです。

「最初から、土の上にできた物はアンタの物。土の下にできた物はワシの物という取り決めにしてあっただろう」

そこで、悪魔が「では、次からは反対にするというのはどうだい。土の上にできた物はおまえの物。土の下にできた物はオレの物ということにしよう」と提案すると、お百姓はこれを承諾しました。

このときも、お百姓は知恵を働かせ、畑にムギをまくことにしました。

やがて、収穫の時期がやってくると、お百姓は茎《くき》の根元からムギを全部刈り取ってしまいました。悪魔がやってきたときには、切り株しかありません。

ムギは穂先だけしか食べられないので、悪魔はたいそう悔しがりました。

でも、お百姓が約束を破ったわけではありません。「土の下にできた物はオレの物ということにしよう」と提案したのは悪魔のほうなので、文句の言いようがありません。

悪魔はぷんぷん怒りながらどこかへ行ってしまいました。

その後、お百姓は畑に埋まっていた宝物を掘り出して、大金持ちになることができたのです。

「カブの種をまけば、土の上の部分は葉っぱだけで、無用の産物だから、悪魔にはそれを与えればいい」

「ムギをまけば、穂先以外は無用の長物だから、悪魔にはそれを与えればいい」

こう考え、悪魔の上をいったお百姓の賢さにはただただ感心するばかりですが、見方を変えて考察すると、一歩先を見て行動することの大切さを教え示しているといってもいいでしょう。

一歩先を見て行動することの大切さは人生全般にも当てはめて考えることができ、スキルアップも例外ではありません。

やみくもにスキルアップを図るよりも、一歩先を見ながら将来的な展望を考え、地道にすべきことをするほうが人生の開花につながるからです。

たとえば、若かりしころの福沢諭吉《ゆきち》です。

幕末の日本には、オランダ語が読めたりしゃべれたりすれば、食べるに困らないという風潮がありました。そこで、初めのうちは諭吉もオランダ語を学び、原書が読めるくらい精通するようになったのですが、海外から移住してきた外国人たちと会話しようとしたとき、衝撃を受けます。

諭吉はオランダ語を口にしたのですが、まったく通じず、彼らが口にしていたのはもっぱら英語だったからです。

「もう、オランダ語は古い。これからは英語の時代だ」

こう考えた諭吉は英語も独学で勉強するようになり、そのおかげで後年、教育者・著述家として大活躍できたのです。

逆に、オランダ語しか勉強しなかった人は明治維新後、食べられなくなり、没落していったといいます。

この一歩先を見て行動することの大切さは、何よりも商売（ビジネス）に求められます。

わかりやすい例として、都内にあるレストランの話を紹介しましょう。

その店はそれほど繁盛していませんでしたが、メニューが豊富でした。

そして、リモートワークが盛んになったとき、その店のオーナーは、豊富なメニューを生かそうと、テイクアウトできるようにメニューの一部を安価で店頭販売することにしました。

「これからは自宅で仕事をする人が増え、外食する人が減るだろう。だったら、レストランの味を自宅でも気軽に味わってもらおう」と考えたのです。

その結果、その店はテイクアウト作戦が功を奏して、大繁盛したのです。

今の日本は不透明な時代にあり、先を見る目を養うことは難しいかもしれません。しかし、今やっていることが、将来プラスに働くのか、あるいはマイナスに働くのかはある程度わかると思います。

そこで、マイナスに働く可能性があれば、福沢諭吉やレストランのように、どうすればプラスに働くかを考え、それに向けて磨きをかけることが大切です。

一歩先を見て行動するとは、そういうことを意味するのであって、そうすればこの話に登場する悪魔のように損をすることはないでしょう。

モノを大切に扱う人は自分も大切にされる◉ぬらぬらの亜麻のかたまり

美しいけれど、短気で怠《なま》け者で、だらしない娘がいました。

娘が糸を紡《つむ》ぐときにも、その気性がよくあらわれていました。

亜麻《あま》という植物の繊維を紡いで糸にする作業をするとき、亜麻に小さな結び目があったりすると、それだけでウンザリしてしまい、亜麻をひと山ごと引き抜いては、地面に投げ捨ててしまっていたのです。

さて、この娘の家には、よく働く女中がいました。女中は娘が地面に投げ捨てた亜麻を拾い集め、きれいに洗い、その糸で自分が着る美しいドレスを作りました。

　しばらくして、ある若い男が娘の美しさにひかれて求婚し、二人の結婚式が行われることになったのです。

　そして式の前の晩のこと、この家の女中が自分で紡いだ糸で作ったドレスを着て、楽しそうに一人で踊っていました。

　それを見た娘はこう言います。

「まあ、私の亜麻くずを着て、あの女中はよく跳《は》ね回ること！」

　それを聞いた男は事情がよくわからず、詳しい話を尋ねると、娘はこう答えました。

「あの女中は、私が捨てた亜麻を拾っては、チマチマと紡いで糸にして、それで今着ているドレス

を作ったのよ。ずいぶんと貧乏ったらしいでしょ」

それを聞いた男は、自分が結婚しようとしている娘が、どんなに怠け者でだらしがないのかがわかりました。

それにひきかえ、女中は働き者で、器用で気立てが良いこともわかりました。

そこで、男は娘との結婚式を取りやめにして、働き者の女中のほうを妻に選んだということです。

この話は「どんなモノでも貴重な存在で、粗末に扱ってはならない」ことを表していますが、私は一歩進めて、次のように解釈してみました。

「女中が拾い集めた亜麻にも、どういういきさつで誕生したかという経緯がある。そのことを考えれば、どんなモノも貴重な存在で粗末に扱うことはできない」

亜麻とは繊維の材料となる植物のことをいいます。涼しい気候の土地での栽培に適していますが、それを植える人は大変な思いをしたに違いありません。

また厳しい冬に雪の下で耐える種が春になり、太陽の恵みを受けようやく発芽することを考えれば、尊い生命力ともいえます。

すなわち、亜麻一つとっても物語があり、そのことに意識を向ければ粗末に扱うことはできません。

そう考えると、娘が地面に投げ捨てた亜麻を女中が拾い集め、きれいに洗い、その糸で美しいドレスを作ったことも納得できるのではないでしょうか。

どんなモノにもストーリーがあるという点から考察すれば、お寿司のネタで人気があるマグロにも同じことがいえます。

マグロは、漁船に乗って遠洋漁業をした人が捕獲します。

それが豊洲《とよす》などの市場に運ばれ、解体され、お寿司屋に運ばれます。

その過程において複数の人たちが関わっています。

遠洋漁業の船員の人たち、市場で働く人たち、それを運ぶトラックの運転手たち、寿司職人たち……。

こうした人たちの働きのおかげで、マグロを食べることができます。

結論的にいえば、亜麻やマグロだけでなく、この世に存在するあらゆるモノは貴重で尊い存在なのです。

私たち人間が神様によって創られたのだとすれば、ほかのすべてのモノもまた神様によって創られたモノなのです。

そのことを自覚すれば、すべてのモノを大切に扱うことができるようになります。

そうすれば誰でも、今度は社会からも他人からも、大切にされるようになるに違いありません。

天の恵みに感謝すれば福が返ってくる◉ムギの穂

神様がこの世を創ったばかりのころの話です。

地上は今よりもずっと実り豊かで、ムギの穂にはムギの粒が五〇〇〜六〇〇も付いていました。今はせいぜい五〇〜六〇粒ほどですが、昔は茎の上から下までびっしりとムギ粒が付いていて、一〇倍ほど多かったのです。

しかし、人間はあまりに恵まれすぎると、神様からの恵みに感謝することができなくなるようです。貴重なはずの恵みを当たり前に思うようになって、モノを粗末に扱ってしまうものです。

ある日のこと、母親が子供を連れてムギ畑のそばを歩いていました。

子供が飛んだり跳ねたりして歩いていると、勢いよく水たまりにバシャッと入って、服を汚してしまいました。

すると、母親がそばに生えていたムギの穂を一握りむしり取って、子供の服の汚れを拭き取りました。そして、拭き終わると、ムギの粒がたくさん付いているにもかかわらず、ムギの穂をポイッとそのへんに捨てたのです。

ちょうどそこを通りかかった神様が、その様子を見ていて大激怒。

「天の恵みをこうも粗末に扱うとは何事だ。もう人間にはムギを与えない。これからは、ムギの茎には穂を付けないことにしよう」

それをそばで聞いていた人たちは、慌てふためき、ひざまずいて神様にこう言ったのです。

「神様！　どうかムギの茎に、少しでけっこうですから穂を残しておいてくださいまし。私ども人間には、そうしていただく資格はありませんが、罪のないニワトリたちのためにお願いいたします。そうでないと、ニワトリたちはお腹をすかせて死んでしまいます」

こう懇願《こんがん》されたので、神様は人間の頼みを聞き届けることにしました。
ムギの穂が、今のように上のほうにだけ実るのはこのためなのです。

人間がムギの穂をもっと大事にしていれば、神様も激怒することなく、ムギの粒をたくさん付けたままにしておいてくれたでしょう。

転じて、この話は「天の恵みを粗末に扱ってはならない。むしろ、恵みに感謝しなければならない」ということを教えているといっていいでしょう。

日常生活をよくよく振り返ってみると、確かに私たちは、たくさんの恵みに囲まれて生きています。

どこにでもコンビニがあるので、お腹がすいたら、いつでも好きなときにお弁当や飲み物が買えます。お弁当に入っているごはん、肉、魚、野菜、果物などすべてが天の恵み。飲み物もそうです。

多くの外国と違って、日本の水道水は安心安全ですから、喉《のど》が渇けばいつでも飲むことができます。

ケガをしたときは、患部に包帯を巻いて治療することができます。

そう考えると、ありがたいことだらけといってもいいでしょう。
もしそう思うならば、モノに対しても心の中で「ありがとう」を表してみることです。
お弁当や飲み物に対しても「ありがとう」。
水道の水を飲むときも、コップの水に向かって「ありがとう」。
ケガしたところを包帯で巻いてもらったら、包帯に対しても「ありがとう」。

この宇宙には感謝の法則というものがあります。

「ありがとう（ございます）」という言葉は、感謝の念というポジティブな思いにほかなりません。

したがって、事あるごとに「ありがとう（ございます）」という言葉を口にすれば、ポジティブな思いをこの宇宙に拡散することになるため、巡り巡って自分自身にありがたい現象が返ってくる仕組みがあるのです。

つまり、この話に登場する神様に例えていうと、ムギの粒を五〇〜六〇粒から五〇〇〜六〇〇粒に増やしてくれる可能性があるのです。

自分の身体にまさる財宝はない◉三人の軍医さん

腕がいいと評判の三人の軍医が、宿屋に泊まったときのことです。

宿屋の亭主が三人の軍医にこう言いました。

「お噂《うわさ》はかねがねうかがっております。どうか、みなさんの腕前を拝見させていただけないでしょうか」

すると、三人の軍医はうなずき、一人目の軍医は「いいでしょう。私は自分の腕を切って、明日の朝にはつなげてみせましょう」と言って自分の両腕を切り落としました。

二人目の軍医は「私は自分の心臓を取り出して、明日の朝に戻してみせましょう」と言って、自分の心臓を取り出しました。

三人目の軍医は「私は自分の目玉を取り出して、明日の朝、はめ込みましょう」と言って、自分の目玉を取り出しました。

三人の軍医は、それぞれ切り取った腕、心臓、目玉を皿に載せ、宿屋の亭主に差し出しながら、こう言いました。

てください」

その日の夜のことです。この宿屋で働く女中がカギのかかった戸棚をあけて、中に入れてあった食べ物を取り出しました。その後、女中はカギをかけ忘れてどこかへ行ってしまいました。

それを野良ネコが見ていたから大変です。野良ネコは三人の軍医の腕や心臓や目玉をくわえて、どこかへ持ち去ってしまったのです。

カギをかけ忘れたことに気付いた女中は、慌てて戸棚のところに戻ってきましたが、腕や心臓や目玉はどこにもありません。

困った女中は、知り合いの兵隊に頼み込み、死刑になった泥棒の腕を手に入れました。次にネコを捕まえて、その目玉を取り出しました。心臓は宿屋でさっきつぶしたばかりのブタから取り出しました。そして、戸棚にしまってカギをかけておいたのです。

翌朝、三人の軍医は、宿屋の亭主から腕や心臓や目玉を受け取り、自分の体に上手に付けました。

ところが、三人の軍医が宿屋を出て旅を続けていると、不思議なことが起こりました。

泥棒の腕を付けた軍医は人の物を盗りたくて仕方がなくなり、ブタの心臓をはめ込んだ軍医はブーブーとにおいをかぎ回るようになり、ネコの目玉をはめ込んだ軍医は夜になると目が光り、ネズミを捕まえるようになったのです。

別の腕と心臓と目玉を渡されたと気づいた三人の軍医は、宿屋に怒鳴り込みました。

「しっかりしまっておくように頼んだのに、別の腕と心臓と目玉を渡されたせいで、私たちはおかしくなってしまったじゃないか。どうしてくれるんだ！」

亭主にこう詰め寄ったものの、女中も逃げてしまい、もういません。

仕方なく、宿屋の亭主はお詫びとして全財産を三人の軍医に渡しましたが、三人の軍医はお金持

ちになるよりも、自分の腕や心臓や目玉が戻ってきたほうがはるかに幸せだと思い続けたのです。

なんとも奇想天外な話ですが、この話はずばり「自分の身体にまさる財宝はない。だから、身体はいたわらなくてはならない」ということを教え示しています。

このことを突き詰めて考えていくと、人間としての肉体を持って生まれてきたこと自体が奇跡的でありがたいことであるといっていいでしょう。

その好例として、ブッダにまつわる「盲亀浮木《もうきふぼく》」という話を紹介しましょう。

あるとき、村人の一人がブッダにこんな質問をしたことがありました。

「生きていても、良いことなんか、ちっともありません。生まれてこなければよかったと思うことがしばしばあります」

すると、ブッダは海を指さしながら、村人に次のように教え諭《さと》したのです。

「あの海には百年に一度しか浮かび上がってこない盲目の亀がいるといわれている。その亀が海面に首を出したとき、流れただよっている浮木《ふぼく》の一つしかない穴に首がちょうど入る確率はどれくらいだと思う？　気が遠くなるほど、ものすごく低い確率だ。

その確率よりも、もっと低い確率のものがある。それは人間として、この世に生を享《う》けることだ。おまえも例外ではない。

浮木の一つしかない穴に盲目の亀の首がちょうど入る確率よりも、はるかに低い確率で生まれてきたのだ。これは奇跡としか言いようがない。

だから、生まれてこなければよかったなどと、絶対に思ってはならない」

ブッダの言われるとおりだと思います。

この宇宙には何十億、何百億、いや何千億もの星がありますが、生命が存在できる星はごくわずかです。

そのごくわずかの星に、人間として生を享けたことは、まさしく奇跡以外の何物でもありません。

そして、その生が存続しているのは、第一に心臓が働いてくれているおかげです。

心臓は一日に一〇トンもの血液を送り出しています。その量を牛乳パックに換算すると、約一万本になります。これを寿命が尽きるまで、一度も休むことなく続けてくれることも、奇跡としか言いようがありません。

一度も休むことなく続けてくれるといえば、血液の濃度を一定に保つ働きがある腎臓も同じです。

私たちが生命を維持するためには水分が不可欠ですが、大量の水分が入ってきたら、血液の濃度が下がってしまいます。そうならないようにするため、腎臓は余分な水分をろ過して尿を作り出してくれているのです。

こう考えると、私たちの身体は神様がプレゼントしてくれた、まことに尊い宝物といっていいでしょう。

ですから、この話に登場する三人の軍医のように、身体を粗末に扱わないことです。むしろ、内臓、筋肉、骨、血管等々、身体のあらゆる部位に感謝しながら、「私自身が尊い宝物」と言い聞かせ、生きていくことが大切です。

今日という一日を充実させる◉寿命

神様がこの世界を創られたとき、生き物たちの寿命を定めようとしました。

当初、神様はすべての生き物の寿命を三〇年にしようと考えていましたが、それぞれの生き物に意見を聞いてみることにしたのです。

まず、神様のところにロバがやってきたので、「三〇年ではどうかな？」と神様が尋ねると、ロバはつらそうにこう答えました。

「それは長すぎます。私は毎日、早朝から夜遅くまで重い荷物を運ばされて、少しでも休もうとすると鞭《むち》で打たれたり、足で蹴《け》られたりするのです」

哀れに思った神様は、ロバの寿命を一八年削ってあげました。

次に犬がやってきて、神様から寿命が三〇年の予定だと聞くと、犬はこう答えました。

「そんなに長く生きなければならないのですか？　私は毎日、全速力で走り通しです。三〇年も生きたら、声も出なくなり吠《ほ》えることもままならず、歯もなくなって食べ物を噛《か》むこともできなくなるでしょう。そうなったら、ブツブツとつぶやくことしかできません」

これまた哀れに思った神様は、犬の寿命を一二年減らしてあげました。

次にやってきたのはサルで、サルも寿命が三〇年は長すぎると言いました。

「おまえは、ロバや犬と違って働かなくていいし、いつも楽しそうにやっているだろう」

神様がこう言うと、サルは次のように反論しました。

「そんなふうに見えるかもしれませんが、われわれサルは人間を笑わせるための厳しい訓練を受けて、人間のうさばらしの見世物にされているのです。笑ってもらえないと叱《しか》られ、うまくやったとしても人から笑われバカにされるだけです」

それを聞いた神様は、やはりサルに同情し、サルの寿命を一〇年減らしてあげました。

最後にやってきたのは人間です。健康で元気で楽しそうでしたが、寿命が三〇年だと聞くと、神様にこう言いました。

「そんなに短いのですか？　もう少し長くしてもらえませんか」

仕方ないので、神様はロバから削った一八年を人間にやりましたが、それでも足りないと言うので、犬の一二年も加えてあげることにしました。

しかし、まだ足りないと言うので、サルの一〇年も足してあげました。これで人間の寿命は七〇年になったのですが、それでも人間は満足しません。

しかし、神様はそれ以上足してあげようとはしませんでした。

その結果、人間の最初の三〇年は健康で働くことが楽しく、生活に楽しみを見いだします。次の一八年は、重荷を背負い、みんなを養うために食べ物を運ばなければなりません。鞭打たれ、足で蹴られても働き続けなければなりません。まるでロバのように、です。

次の一二年は、部屋のすみに寝そべってブツブツとつぶやくだけで、食べ物を噛む歯もありません。まるで年老いた犬のようです。

その後の一〇年は、サルのようにおろかで間抜けなことばかりして、子供たちから笑われ、人生の終焉《しゅうえん》を迎えるようになったのです。

平均寿命が男女とも八〇歳を超えた現代の日本人には、ピンとこないかもしれません。

また、この話は難解で、人間のエゴを皮肉っているなど、いろいろな解釈ができると思いますが、神様が定めた寿命というものを別の観点から考察すると「いつ死んでもいいように、一日一日を大切に生きるべきである」という教訓が得られると思うのです。

実際、今日一日を有意義に生きることの大切さを説いた先人は数知れません。

戦国時代から江戸時代の初期にかけて、城づくりの名人といわれた武将の藤堂高虎《たかとら》は、次のような言葉を残しました。

「寝屋《ねや》を出るよりその日を死番《しばん》と心得るべし」

今日、自分が死ぬ可能性だってないとはいえない。だから、朝、起きたら、今日死んでも悔いがないように、有意義に過ごすことを考えるべきであるという意味です。

また、イタリア・ルネサンス期のメディチ家当主、ロレンツォ・デ・メディチも次のような言葉を残しました。

「人はいつ死ぬかわからない。朝起きて今日も命があったと思う。だから、今日を精一杯生きる」

そして今日一日を有意義に生きるためには、無駄な時間を削って有意義に過ごすことが大切です。たとえば、ダラダラとテレビを見たり、夜遅くまでゲームに熱中したりしているとしたら、その時間をスキルアップにあてるのです。

その時間を司法試験の勉強にあてれば、弁護士の資格だって取れるかもしれません。

その時間を英語の勉強にあてれば、語学も上達するでしょう。

その時間を運動にあてれば、健康体が維持できるでしょう。

これらは、まさしく有意義な時間を過ごしたことになります。

また、やりたいことがあればすぐに行動に起こすことも、今日一日を有意義に生きることにつながります。

「スポーツジムに通いたい」

「陶芸を始めたい」

「小説を書いてみたい」

「ピアノが弾けるようになりたい」

などなど、以前からトライしてみたいことや今気になっていることがあれば、すぐに実行に移すようにするのです。

「いつか」と考え、来週、来月、来年……と先延ばしするのではなく、今すぐ始めるようにするのです。

そうすれば、人生にプラスになる何かが必ず得られるし、何よりも「ああ、あのとき、やっておけばよかった」と後悔することもありません。

このように、一日一日を有意義に大切に生きれば、一日が終わるころ、ポジティブな感情で満たされるようになります。

つくづく思うのですが、今日という日を「いい一日だった」と心から思って終えられる人は、幸福です。これを毎日続ければ、心の中はポジティブな感情で満たされるようになります。

　そうなれば、この話に出てくるロバや犬やサルの生き方とは、無縁の人生が送れるようになるでしょう。

■本書で紹介したグリム童話は、筆者が子供のころから今までに見聞きしたお話に、左記の本も参考にさせていただきながら構成しました。

『グリム童話集（上）（下）』佐々木田鶴子訳（岩波少年文庫）

『完訳　グリム童話集（一）～（五）』金田鬼一訳（岩波文庫）

『グリム童話（上）（下）』池内紀訳（ちくま文庫）

『グリムの昔話（1）～（3）』フェリクス・ホフマン編／大塚勇三訳（福音館文庫）

植西 聰（うえにし・あきら）

東京都出身。著述家。学習院高等科・同大学を卒業後、資生堂に勤務。独立後、人生論の研究に従事。独自の『成心学』理論を確立し、心を元気づける著述活動を開始。95年、「産業カウンセラー」（労働大臣認定資格）を取得。主な著書に『ヘタな人生論よりイソップ物語』（小社刊）、『「折れない心」をつくるたった１つの習慣』『平常心のコツ』『「いいこと」がいっぱい起こる！ブッダの言葉』『マーフィーの恋愛成功法則』『「カチン」ときたときのとっさの対処術』『運がよくなる100の法則』『「運命の人」は存在する』『願いを9割実現するマーフィーの法則』など多数。

人生でいちばん大切なことはグリム童話が教えてくれる

二〇二一年一〇月二〇日　初版印刷
二〇二一年一〇月三〇日　初版発行

著　者――植西　聰

企画・編集――株式会社夢の設計社
東京都新宿区山吹町二六一　郵便番号一六二―〇八〇一
電話（〇三）三二六七―七八五一（編集）

発行者――小野寺優

発行所――株式会社河出書房新社
東京都渋谷区千駄ヶ谷二―三二―二　郵便番号一五一―〇〇五一
電話（〇三）三四〇四―一二〇一（営業）
https://www.kawade.co.jp/

DTP――株式会社翔美アート

印刷・製本――中央精版印刷株式会社

Printed in Japan ISBN978-4-309-02999-3